KB147791

인생도 금이 가야 맛이 난다

人生就像茶葉蛋, 有裂痕才入味 2
作者 : 黃桐

인생도 금이 가야 맛이 난다

황퉁 지음 · 김경숙 옮김

마프다
쓰리다
그래서
인생이다

평 단

인생은 하나의 퍼즐과도 같다.
전체의 조각을 맞추기 전에는
그 참모습을 알 수 없기 때문이다.
그러므로 인생길에서 일희일비하지 말라.
화禍 속에는 행운이 숨어 있고.
행운 속에는 불행의 씨앗이 숨어 있다.

인생 길에서 목표라는 등대를 따라
꿋꿋이 나아가는 사람만이
마침내 성공의 피안에 닿아 있을 것이다.
그리고 인생의 시련과 좌절은
피안에 도착하기 위한 배가 되어 줄 것이다.

시련을 겪어야 우리의 인생은
더욱 깊은 향을 지니게 된다

어느 유명 스타가 세상을 떠났다. 그는 뛰어난 외모로 데뷔 당시부터 큰 주목을 받았고, 스타가 되기까지 탄탄대로를 걸어왔다. 그러나 그는 항상 자신이 불행하다고 생각했고, 결국에는 이 세상을 떠나는 길을 선택했다.

사실 이것은 몇 년 전에 본 뉴스 내용인데, 나로 하여금 실로 많은 것을 생각하게 했다. 세상을 떠난 스타는 평범한 사람들이 갈망하는 모든 것을 얻은 사람이었다. 멋진 외모와 명성, 돈과 권력, 이 모두를 말이다. 그러나 이러한 것들은 그의 삶을 지탱해 주는 충분조건이 되지 못했다.

가정일 뿐이지만 만약 그의 외모가 조금만 더 평범해서 스타가 되지 않았다면, 그가 느꼈던 그 많은 충격과 혼란에 맞닥뜨리지 않았을까? 그렇다면 그의 인생은 완전히 바뀔 수 있었을까? 더 평범했다면 오히려 더 행복한 인생을 살 수 있었을까?

나에게는 어렸을 때 불의의 사고로 부모님을 한꺼번에 잃은 한 절친한 친구가 있다. 그의 친척은 어쩔 수 없이 그를 떠맡았지만, 사랑을 주지는 않았다. 그는 학업과 돈벌이를 병행했는데, 고등학교를 졸업하자마자 장사를 시작했고, 몇 번이나 본전을 다 날렸다. 그는 돈도 없고, 학벌도 없고, 게다가 사랑이 뭔지도 잘 몰랐다. 그러나 이미 가난을 겪어 봤기에 어떻게 노력하면 되는지 잘 알고 있었다. 사회에 어린 나이에 진출했기 때문에 사회생활의 생리를 잘 알아 판단력이 뛰어났고, EQ가 매우 높았다. 무엇보다 그는 사랑해 주는 사람이 없다는 것이 어떤지 잘 알고 있었기에 주위 사람들을 어떻게 아끼고 사랑해야 하는지를 알았다. 그럼, 현재 그는 어떻게 되었을까? 내 친구는 현재 성공한 사업가이며, 개인적으로도 행복한 삶을 누리고 있다. 그의 지혜와 행복은 항상 자연스럽게 그의 얼굴에 드러난다. 반짝이는 그의 눈빛에서, 그의 말에서 말이다.

가정일 뿐이지만 만약 그의 인생이 처음부터 순풍에 돛 단 듯 순조로웠다면 그는 어떤 사람이 되었을까? 아마 분명히 지금과는 다른 사람이 되었을 것이다.

인생에서 아이러니한 점은, 신은 우리에게 누구나 흠모하고 갈망하는 무언가를 주셨지만 오히려 그것이 우리를 무너뜨릴 수도 있다는 것이다. 또한 신은 우리에게 누구나 다 두려워하는 불행을 주셨지만 시간이 흐르면 우리는 이러한 삶의 고통과 시련이 지금의 자신을 만들었다는 사실을 깨닫게 된다는 것이다.

그러므로 좋은 일이 생겼다고 너무 의기양양하지 말고, 나쁜 일이 생겼다고 너무 놀라거나 당황하지 말자. 우리 인생의 행복과 불행은 정의 내릴 수 있는 것이 아니다.

2011년에 《인생도 금이 가야 제맛이다》가 출간되고, 생각지도 못했던 큰 호응을 얻었다.

이 책의 부제는 '사실, 인생에서 겪게 되는 모든 좌절과 고통은 우리 인생에 없어서는 안 될 향료다'이다. 그리고 이 말은 내가 쓰는 작품의 핵심 개념이자 《인생도 금이 가야 제맛이다 2》를 쓰게 된 이유이기도 하다.

아마도 이 책이 출간되었을 때 즈음이라고 생각되는데, 나는 어느 중학생 독자의 메일을 받았다. 그녀는 공부 때문에 스트레스가 심하고 가정 문제로 자살의 충동을 느낀다고 했다.

편집부의 메일 주소로 메일이 한 통 왔는데 그녀의 메일을 본 편집자들은 걱정이 된 나머지 급하게 나에게 연락을 해 왔다. 우리 편집장님도 즉각 친절하고 세심하게 중학생 소녀 독자에게 문자 메시지를 보냈다.

내가 그녀에게 보낸 편지의 내용은 대략 다음과 같다. '나는 당신이 힘든 나날을 보내고 있다는 것을 알고 있다. 공부도 많이 힘들 것이다. 그렇지만 중학생 시절은 우리의 기나긴 인생에서 정말 짧은 기간이라는 사실을 잊지 말기를 바란다. 단지 짧은 기간의 고통 때문에 앞으로의 긴 인생을 희생하는 것은 정말 아까운 일이다. '세상에 공짜로 받는 고통은 없다'는 말을 기억해 주기를 바란다. 고통은 겪고 나면 완전히 자신만의 것이 된다. 이러한 고통은 우리 인생의 자양분이 되고, 결국에는 자기 자신에게 보답을 한다.'

그런데 나는 몇 개월 전에야 그녀에게서 답장을 받았다. 그녀의 편지에는 나의 편지를 받고 매우 놀랐고 기뻤지만 한동안 어떻게 회답해야 할지 몰라서 답장이 늦어졌으며, 현재 그녀는 이미 고등학생이 되었고 당시의 고통은 역시 한순간에 지나가는 것이었다고 쓰여 있었다.

만약 당신이 학업에서 오는 스트레스로 자살을 생각한다면 그것은 정말 바보 같은 짓이다. 그러나 아무리 별거 아닌 일이라도 각자 느끼는 고통은 분명 절실하다.

내가 중학생 소녀 독자에게 보낸 편지는 2년이라는 시간이 지난 끝에야 답장을 받을 수 있었다. 이는 나에게, 그리고 편집부 사람들에게 매우 흥분되는 일이었다. 내가 책을 쓰고, 출판사에서 책을 펴내는 것이 그리 대단한 일은 아니지만 최소한 우리는 독자들에게 작은 위안을 줄 수 있었고, 그들에게 '우리가 여기 있으니 당신은 결코 혼자가 아니에요'라고 전할 수 있었다.

나는 이러한 기회를 주신 신에게 항상 감사드린다.

혹시 지금 이 책을 읽고 있는 당신은 삶이 이미 상처투성이가 되어 있을지도, 아니면 인생의 나락에서 고군분투하고 있을지도 모르겠다.

사실 내가 중학생 소녀 독자에게 한 말은 모든 독자에게 전하고 싶은 그리고 나 자신에게 전하고 싶은 다음과 같은 메시지를 담고 있다. '우리 참고 견뎌냅시다.'

참고 견디는 과정은 정말 힘들고 지치는 일이다. 그러나 이러한 과정은 우리의 인생에 깊은 맛과 향을 더해 준다.

절대 포기하지 말라. 고통은 언젠가 지나갈 것이다. 참고 견디어 내면 미래는 우리의 것이 된다.

이 책을 읽고 있는 당신에게 감사드린다. 그리고 진심으로 당신에게 축복을 전한다.

타이베이에서
황퉁

목차

Part 1

살아가면서
맞닥뜨리는
온갖 시련은
우리를 성장시키는
밑거름이 된다

1

눈에 보이지 않지만
분명히 존재하는 것

때로는 당신이 선의를 베풀어도
상대가 보답하지 않을 수도 있다.
그렇다 해도 당신이 베푼 선의는 사라지지 않고
언젠가 다른 형태로 당신에게 돌아온다.

구름 한 점 없이 맑은 어느 날, 끝없이 펼쳐진 초원에 나이가 지긋한 사냥꾼이 나타났다. 그는 한 손에는 손자의 손을 잡고 있었고, 한쪽 팔에는 사냥용 매를 얹고 있었다. 사냥꾼은 매가 자유롭게 날 수 있도록 풀어 주었다. 그리고 손자와 함께 푸른 초원에 앉아서 하늘을 멋지게 나는 매를 바라보았다.

"할아버지." 갑자기 생각이 난 듯 손자가 물었다. "할아버지는 종종 '좋은 일을 하면 반드시 보답을 받는다'라고 말씀하시는데 그게 정말이에요?"

"얘야." 나이가 지긋한 사냥꾼은 하늘의 매를 가리키며 인자한 목소리로 말했다. "땅에 드리워진 매의 그림자가 보이니?"

"네, 보여요." 아이는 똑 부러지게 대답했다.

매가 하늘 높이 날아오르면 오를수록 땅에 드리워진 그림자는 점점 작아졌다.

"그럼 지금은 어떠니? 아직도 매의 그림자가 보이니?" 사냥꾼은 손자에게 다시 한 번 물었다.

"그림자가 작아졌어요. 하지만 아직 보이기는 해요."

매는 눈 깜짝할 사이에 구름 속으로 날아올라 작은 점으로 변했고, 땅에서도 매의 그림자를 찾아볼 수 없었다.

"그럼 지금은 어떠니? 아직도 매 그림자가 보이니?"

손자는 눈을 가늘게 뜨고 한동안 그림자를 찾아보더니 대답했다. "아니요, 이제는 안 보여요."

"그렇지 않단다, 얘야. 해가 떠 있고 매도 하늘을 날고 있으니 분명히 그림자도 어딘가에 있을 거야." 사냥꾼은 손자의 머리를 쓰다듬으며 인자한 목소리로 말했다. "그저 어리석은 우리 인간의 눈에는 보이지 않을 뿐이란다."

얼마 전에 업무 관계로 상하이(上海)에 다녀온 적이 있다. 그때 한 친구가 내가 예약한 항공사는 서비스가 좋지 않기로 유명하니

선행은 절대로 사라지지 않는다.
예절을 뿌리는 자는 우정을 거둔다.
친절을 심는 자는 사랑을 추수한다.
감사할 줄 아는 마음에 즐거움을 심는 것은
절대로 헛수고가 아니다.
왜냐하면 일반적으로 말해서,
감사를 심으면 틀림없이 보상을 얻게 되기 때문이다.

- 성 바실리우스

마음의 준비를 해 두는 게 좋을 거라고 충고했다. 공항에 도착해서 탑승 수속을 할 때 보니 과연 카운터 여직원의 표정이 썩 좋은 편은 아니었다.

"어디까지 가시는데요?" 여직원은 퉁명스러운 말투로 물었다.

"타이베이(台北)에 갑니다. 고마워요." 나는 그녀에게 미소를 지으며 대답했다.

카운터 여직원은 미소 짓는 내 모습을 어리둥절한 듯 바라보았다. 잠시 후 그녀의 서비스 태도는 완전히 달라졌다. 표정도 훨씬 부드러워졌고, 귀찮아하는 기색도 싹 사라졌다. 그녀는 내가 예약한 항공편을 살펴보더니 홍콩(香港)에서 비행기를 갈아탈 시간이 상당히 촉박하다고 알려 주었다.

"제가 좀 더 빠른 비행기로 바꿔 드려도 괜찮으시겠습니까?"

물론 괜찮고말고! 결국 카운터 여직원 덕분에 나는 순조롭게 타이완(台灣)으로 돌아왔다. 만약 내가 처음에 미소를 짓지 않았다면 과연 그녀가 나를 위해 비행기를 바꾸는 수고를 해 주었을까? 글쎄, 잘 모르겠다. 그렇지만 나는 지금까지 살아오면서 이와 비슷한 경험을 자주 겪었다. 다른 사람에게 친절하게 대하면 절대 손해 볼 일은 없다는 경험 말이다.

나는 종종 독자들의 편지를 받는다. 그들은 성실하고 선량한 태도로 다른 사람을 대하는데도 그에 상응하는 보답을 받지 못할뿐더러 심지어는 냉대를 받기도 한다고 하소연한다. 그래서 "앞으로 다시는 다른 사람에게 친절을 베풀지 않을 거예요"라고 말한다.

그러나 사실은 그렇지 않다.

나는 다른 사람에게 선의를 베푸는 일이 절대 헛되지 않다고 굳게 믿는다. 그저 선의를 베푼 결과가 바로 나타나지 않을 뿐이다. 물론 때로는 당신이 선의를 베풀어도 상대가 보답하지 않을 수도 있다. 그러나 당신이 베푼 선의는 사라지지 않고 언젠가 다른 형태로 당신에게 돌아온다.

비유를 들자면 우리가 베푼 선의는 앞의 이야기에 나오는 사냥용 매이고, 선의에 대한 보답은 그림자라고 할 수 있다. 매의 그림자는 항상 존재한다. 단지 매가 너무 높이 날고 있기 때문에 우리 눈에 보이지 않을 뿐이다. 매가 낮게 날면 그림자도 다시 나타난다.

그러니 '좋은 사람이 되기'를 두려워하지 말라. 좋은 사람으로서 베푸는 선의에 대한 보답이 우리의 눈에 보이지 않는 것은 단지 스스로 그것이 존재하지 않는다고 여기기 때문이다. 그러나 그것은 분명히 존재하고 있으며 언젠가는 돌아오게 될 것이다.

우리가 베푼 선의는 절대 사라지지 않고
대개 다른 형태로 당신에게 돌아오게 된다.
그러니 '좋은 사람이 되기'를 두려워하지 말라.

2
. . .

그림자가 있는 곳에는
반드시 빛이 있다

만약 당신이
과거를 경험하지 않았다면
현재도 존재하지 않을 것이다.

한밤중의 숲은 매우 깜깜하다. 이 숲에 노이로
제에 걸릴 정도로 겁이 많고 소심한 토끼 한 마리가 살고 있었다.
토끼는 자신의 그림자를 너무나 무서워했다. 토끼에게 그림자는
자신을 한입에 집어삼키려고 호시탐탐 기회를 노리며 바짝 다가
오는 괴물처럼 느껴졌기 때문이다.

그러던 어느 날, 토끼는 여느 때처럼 그림자로부터 도망치기 위
해 정신없이 숲 속을 뛰어다니고 있었다. 그때 갑자기 어디선가 인

자한 목소리가 들려와 토끼를 멈추게 했다. "얘야, 너는 도대체 무엇을 두려워하고 있는 거냐?" 목소리의 주인공은 바로 늙은 부엉이였다.

"저는 제 그림자가 너무 무서워요. 도망치려고 하면 할수록 그림자는 더욱 바짝 저를 쫓아와요!" 토끼는 겁에 질린 목소리로 대답했다.

늙은 부엉이는 웃으면서 날개로 하늘을 가리켰다.

토끼가 고개를 들고 보니 칠흑같이 어두운 숲 너머로 보이는 하늘에는 휘영청 밝은 달이 떠 있었다. 토끼는 왜 지금까지 저렇게 아름다운 달이 떠 있다는 사실을 알지 못했는지 의아해했다.

"얘야, 그림자를 두려워할 필요는 없단다." 늙은 부엉이가 말했다. "그림자가 진다는 것은 멀지 않은 곳에 빛이 있다는 뜻이니까 말이다."

미국의 유도선수 카일라 해리슨(Kayla Harrison)이 2012년 런던 올림픽에서 금메달을 목에 걸었다. 각종 미디어는 '미국 역사에 그녀의 이름이 길이 남을 것이다'라고 묘사했는데, 이는 비단 그녀의 뛰어난 경기 성적 때문만이 아니라 그녀가 용감하게 자신의 어두운 과거를 밝혔기 때문이다. 그녀는 열네 살 때부터 수년간에 걸쳐 성폭행을 당해 왔는데, 가해자는 바로 그녀를 가르치던 유도 코치였다.

카일라 해리슨은 한동안 자신과 자신의 운명을 몹시 원망했다. 심지어는 그녀가 가장 사랑하는 유도도 너무 원망스러워서 연습조차 하고 싶지 않을 정도였다고 한다. 그러나 그녀는 결국 어둠을 극복하고 밝은 빛을 향해 나아가기로 했다. 다시 한 번 유도장으로 돌아가기로 결정한 것이다. 지난 몇 년 동안 그녀는 남에게 알리고 싶지 않았던 자신의 과거를 용감하게 이야기했다. 그리고 짐승만도 못한 짓을 한 코치를 법정에 세워서 그가 마땅히 받아야 할 법적인 제재를 받게 했다.

금메달을 따고 나서 미디어에 둘러싸인 그녀는 매우 감동적인 말을 들려주었다. "비록 당신이 피해자라고 하더라도 자신이 원하는 일은 무엇이든지 해낼 수 있습니다. 당신이 하고자 하기만 하면 세상 그 무엇도 당신을 막을 수 없습니다."

세상을 살아가다 보면 때로 당신에게 상처를 입히는 '가해자'가 다른 사람이 아닌 당신 자신인 경우가 있다. 철없는 시절을 겪어보지 않은 사람이 과연 있을까? 어느 누구라도 많든 적든 후회할 만한 일을 하기 마련이다.

지금은 톱스타가 된 어느 여배우가 갓 데뷔했을 무렵에 성인비디오를 찍은 적이 있었다. 이미 국제적인 톱스타가 된 지금도 그녀의 그러한 과거가 종종 들추어지곤 한다.

그녀가 새로운 작품 발표회에 참석했을 때의 일이다. 그 자리에서 어느 기자가 또 그녀의 과거를 들추었다. 그러나 여배우는 화를 내기보다는 오히려 편안한 태도로 말했다. "저는 제 과거를 부정하지 않습니다. 오히려 흔쾌히 받아들이고 있죠. 만약 제가 그러한 과거를 거쳐 오지 않았다면 지금의 저도 없을 테니까요."

그녀의 말처럼 과거에 겪은 모든 일이 현재의 우리를 있게 했다. 비록 그런 과거가 당신을 힘들고 난처하며 불안하게 한다고 해도, 그것은 이미 당신의 일부분이다. 당신은 과거를 바꿀 수 없다. 당신이 할 수 있는 건 오직 과거를 담담하게 받아들이고, 어떻게 하면 당신 인생에 방해가 되는 것들을 도움이 되는 원동력으로 바꿀 수 있을지 생각하는 일뿐이다.

우리에게 드리워진 그림자를 두려워하지 말자. 만약 우리가 몸을 돌려 그림자가 지는 반대 방향을 바라보면 그곳에는 분명 빛이 존재할 테니까.

Points to 인생에 맛이 나게 하는 생각 keep in mind

우리 모두의 인생은 역사의 일부분이다.
이러한 역사에는 분명 완전하지 않은 부분도 많고, 잊어버리고 싶은 부분도 많이 있을 테지만, 그렇다고 해서 과거로 돌아가 역사를 고치는 것은 불가능하다.
그렇다면 담담하게 우리 삶의 '좋은 것'과 '나쁜 것'을 모두 받아들이자.
그 '좋은 것'과 '나쁜 것'이 모두 쌓여서 지금의 우리를 만든 것이니까.

3

...

꿈과의 거리

이상으로 통하는 길이
반드시 쭉 뻗은 탄탄대로라고 할 수는 없다.
오히려 구불구불한 오솔길인 경우가 더 많다.

어릴 때부터 영화 시나리오 작가가 되는 것이
꿈인 소녀가 있었다. 소녀는 꿈을 이루기 위해 끊임없이 글 쓰는
연습을 했고, 멋진 이야기를 하나하나 완성해 냈다. 그녀는 항상
자신이 지은 이야기가 언젠가 영화로 제작되어 커다란 스크린을
가득 채울 날이 오리라고 믿었다.

그러나 막상 졸업하고 직장을 찾으면서 그녀는 자신이 영화 시
나리오 작가가 될 확률이 거의 '제로'에 가깝다는 현실을 깨닫게

되었다. 구인 정보를 샅샅이 뒤져 보았지만 영화 제작사에서 시나리오 작가를 모집한다는 공고는 보지 못했던 것이다.

결국, 그녀는 타자를 치는 업무를 주로 하는 회사의 타이피스트가 되었다. 그녀가 맡은 일은 매우 무미건조했고 자신의 원래 꿈과는 너무나도 큰 차이가 있었다. 그렇지만 그녀는 운명이라고 받아들이고 열심히 일했다. 당시에는 많은 출판사에서 작가의 친필 원고를 타자 회사에 가져오곤 했다. 그녀는 이러한 업무를 통해 몇 명의 편집자를 알게 되었다.

삼 년 후, 그녀의 세심하고 책임감 있는 업무 태도를 눈여겨본한 편집자가 어느 출판사에 그녀를 추천해 주었고, 그녀는 편집 보조 직원이 되었다.

삼 년 후, 그녀는 정식 편집자로 승진했다.

삼 년 후, 그녀가 다니던 출판사가 어느 방송국과 공동으로 소설 라디오 방송극을 방송하게 되었다. 그녀는 라디오 방송극본 쓰는 일을 담당하는 책임자로 임명되었다.

삼 년 후, 그녀가 쓴 극본을 마음에 들어 한 방송국 책임자가 그녀를 방송국으로 스카우트하여 그녀는 라디오 방송극을 담당하는 작가가 되었다.

삼 년 후, 그녀가 쓴 라디오 방송극본에 매료된 사람이 그녀를 텔레비전 연속극 작가로 초빙하기로 결정했다.

삼 년 후, 그녀가 쓴 텔레비전 단막극이 큰 호평을 받아 영화로 제작되었고 그녀는 자연스럽게 영화 시나리오를 담당하게 되었다.

삼 년 후, 그녀는 매우 유명한 극작가가 되었고 영화 시나리오 작가 대상을 받았다. 그녀가 상을 받는 순간 관중은 그녀에게 뜨거운 박수를 보냈다. 그중에는 그녀를 진심으로 축하하는 사람도, 부러워하는 사람도, 질투하는 사람도 있었다. 그렇지만 그녀가 타이피스트에서 극작가가 되기까지 20여 년의 세월이 걸렸다는 사실을 아는 사람은 한 사람도 없었다.

실제로 이와 비슷한 경우는 우리 주위에서도 어렵지 않게 볼 수 있다.

나는 예전에 국제 광고 회사의 대표 위샹(余湘) 씨를 방문한 적이 있었다. 그녀는 업계에서 '광고의 대모'로 불리는 사람인데, 매년 그녀의 손을 거치는 광고 예산만 해도 몇십억이 넘을 정도다. 이렇듯 지금은 직장에서 큰소리칠 수 있는 대단한 위치에 오른 그녀지만 학교를 갓 졸업했을 당시에는 전화교환원에 불과했다.

당시에 그녀는 광고 회사에서 전화교환 업무를 담당했다. 비록 걸려 오는 전화를 받는 사소한 업무였지만, 그녀는 항상 최선을 다했다. 그녀는 모든 고객의 목소리를 기억하기 위해 노력했다. 상대방이 "여보세요"라고 한 마디만 해도 즉시 그 사람이 누구인지 알아내는 경지에 오른 그녀는 고객에게 매우 깊은 인상을 남겼다.

그리하여 그녀는 전화교환원에서 실무 담당자로 빠른 속도로 승진했고, 이어서 실무 담당자에서 부주임으로 단번에 높은 자리에 올랐다. 그녀는 "처음으로 맡은 일이 마지막 일인 것은 아니다. 그러나 제일 처음 맡은 업무를 잘 해내야 다른 업무를 맡을 기회가 주어진다"고 이야기했다.

나도 비슷한 경험을 한 적이 있다. 대학을 졸업할 즈음에 다른 친구들은 일자리를 찾기 위해 고군분투하고 있었지만 나는 이미 출판사에 취업이 확정된 상태였다. 그래서 나는 졸업식 다음 날 바로 출근할 수 있었다.

내가 남들보다 빨리 취직할 수 있었던 이유는 아르바이트 경력 덕분이다. 나는 학교에 다니면서 한 인터넷 회사에서 아르바이트를 하며 여행 후기를 쓰는 일을 담당했다. 이때 쓴 글만 해도 몇십 편이나 된다. 경험이 전무한 구직자들에 비해 당연히 유리할 수밖에 없었다.

그렇다면 나는 어떻게 인터넷 회사에서 아르바이트를 할 수 있었을까? 그것은 예전에 한 식당에서 서빙 아르바이트를 한 경험 덕택이다. 인터넷 회사의 사장님이 바로 그 식당의 손님이었다.

소위 말하는 '기회'와 '귀인'은 종종 이렇게 기묘하게 나타난다. 단, '기회'와 '귀인'을 내 것으로 만들려면 반드시 '최적의 상태'를 유지하면서 다른 사람에게 깊은 인상을 남겨야 한다. 이러한 전제를 충족해야 비로소 '기회'가 생기고 '귀인'을 만나게 된다.

이상으로 통하는 길이 반드시 쭉 뻗은 탄탄대로라고 할 수는 없

인생의 목적은 끊임없는 전진이다.
밑에는 언덕이 있고 냇물도 있고 진흙도 있다.
걷기 평탄한 길만 있는 게 아니다.
먼 곳을 항해하는 배가
풍파를 만나지 않고 조용히만 갈 수는 없다.
풍파는 언제나 전진하는 자의 벗이다.
차라리 고난 속에서 인생의 기쁨이 있다.
풍파 없는 항해, 얼마나 단조로운가!
고난이 심할수록 내 가슴은 뛴다.

                                    - 니체

으며 오히려 구불구불한 오솔길인 경우가 더 많다. 우리는 이러한 길 위에서 때로 같은 자리를 빙빙 돌기도 한다. 그래서 이상에 영원히 도달할 수 없을 것 같은 생각이 들 때도 있다. 하지만 그 순간에도 우리는 목표에 가까워지고 있음을 잊지 말자.

누군가는 이상을 향해 가는 지름길을 찾아내서 단번에 목표를 이루기도 한다.
하지만 이렇게 운이 좋은 사람은 극히 소수에 불과하다.
이상으로 가는 길은 대부분 우여곡절이 많고 그 끝이 보이지 않는다.
그러나 계속해서 앞으로 나아가면 '기회'는 예상치 못한 곳에서 우리를 기다리고 있다.

4

당신의 꿈에 찬물을 끼얹는 것은
다른 사람의 자유고,
그 꿈을 끝까지 고수하는 것은 당신의 자유다

다른 사람의 꿈에 간섭할 자격이 있는 사람은
이 세상에 단 한 명도 없다.

다음의 글은 일본 초등학생의 작문을 발췌한 것으로, 제목은 '나의 꿈'이다.

나의 꿈은 야구선수가 되는 것입니다.

나는 세 살 때부터 야구 연습을 했습니다. 세 살 때부터 일곱 살 때까지는 많이 연습하지 못했지만, 초등학교 3학년 때부터 지금까지 나는 1년 365일 죽을힘을 다해 야구 연습을 했습니다.

앞으로도 중학교, 고등학교에 가서 최고의 성적을 보여 주고 싶습니다. 그리고 고등학교를 졸업하면 프로 야구팀에 들어가고 싶습니다. 나의 목표는 장래에 일억 엔이 넘는 계약금을 받는 선수가 되는 것입니다.

나는 최고의 야구선수가 될 때까지 계속해서 노력할 것입니다. 프로선수가 되어서 시합에 나가게 되면 나는 지금까지 나를 보살펴 준 사람들을 시합에 초대하고 싶습니다.

초등학생의 작문에 담임 선생님은 다음과 같은 글을 남겼다. "이렇게 대단한 꿈을 가지고 있다니 정말 멋지구나. 앞으로 계속 열심히 연습하면 꿈은 반드시 이루어질 거야. 힘내렴."

이 작문은 이미 몇십 년의 역사를 지닌 글이다. 이 글을 쓴 사람은 바로 미국 메이저리그에서 활약하는 스즈키 이치로(鈴木一朗) 선수다.

이치로 선수가 초등학교 때 쓴 글은 인터넷을 통해 널리 알려지게 되었고, 많은 사람이 감동을 받았다. 꿈에 대한 그의 집념도 정말 대단하지만 나는 당시 그의 글에 긍정적인 평가를 남긴 선생님도 마찬가지로 대단하다고 생각한다.

나는 어릴 때부터 글쓰기를 좋아했다. 중학교 때는 성적이 좋지 않았는데 유일하게 작문에서만 높은 점수를 받았다. 그러나 당시 지도 선생님은 반 친구들 모두가 보는 앞에서 나에게 모욕을 주었다. 나는 그 일을 영원히 잊지 못할 것이다. "글만 잘 쓰면 무슨 소용이니? 재능이 그렇게 대단하다면 앞으로 글 쓰는 일로 먹고살아도 되겠네!"

비록 그 선생님의 말 때문에 나의 꿈이 꺾이지는 않았지만, 그 후로 나는 긴 방황의 시간을 보냈다. 그때 나는 끊임없이 나 자신에게 물었다. 나는 왜 글을 쓰려고 하는가? 글을 쓰는 것은 정말 선생님의 말대로 아무런 쓸모가 없는 일일까? 성적이 나쁘다는 이유로 나는 쓸모없는 사람이라는 낙인이 찍혀 버린 걸까?

만약 이치로가 당시에 좋은 선생님을 만나지 못했다면 그의 글에 대한 평가는 어떻게 쓰였을까? 혹시 "야구는 그저 취미로 즐기는 편이 좋단다. 좀 더 현실적으로 생각하고 공부나 열심히 하렴!"이라고 평가하지는 않았을까?

나는 항상 다른 사람의 꿈에 간섭할 자격이 있는 사람은 이 세상에 단 한 명도 없다고 생각해 왔다. 이는 부모나 선생님이라고 해도 예외가 아니다.

하지만 유감스럽게도 다른 사람의 꿈에 간섭하는 사람이 꽤 많은 것이 현실이다. 게다가 그런 사람들은 대부분 '다 너를 위해서 그러는 거야'라는 태도를 보인다. 우리는 살아가면서 많든 적든 다른 사람의 꿈에 간섭하는 사람을 만나게 된다. 이들은 우리가 어떤 일을 해야겠다고 결정할 때 면전에서 찬물을 끼얹어 그 꿈에 회의를 느끼게 한다. 심지어는 우리 자신에 대해 회의를 느끼게 한다.

우리에겐 다른 사람의 행동을 막을 권리도, 다른 사람의 입을 다물게 할 권리도 없다. 그렇지만 마음을 느긋하게 먹고 다른 사람이 하는 말을 신경 쓰지 않을 수는 있다. 다른 사람의 말을 진실로 여길 필요는 없다. 그저 한 귀로 흘려버리면 그만이다.

우리의 꿈을 꺾을 수 있는 사람은 다른 사람이 아니라 바로 우리 자신이다.

당신의 꿈에 간섭할 자격이 있는 사람은 단 한 명도 없다. 반대로 당신의 꿈을 지지해 줄 의무가 있는 사람도 단 한 명도 없다.

우리의 꿈을 포기하게 하거나, 꿈을 지켜 나갈 수 있게 하는 것은 결국 우리 자신뿐이다.

당신의 꿈을 위해 당신은 또 어떤 선택을 할 수 있을까?

5

하느님이 당신의 기도에
응답하지 않는 것은
더 좋은 것을 주시려 하기 때문이다

오늘의 고난은 내일의 기쁨이 된다.

산꼭대기에 세 그루의 나무가 있었다. 나무들은 저마다의 소원을 갖고 있었다.

첫 번째 나무는 산꼭대기에서의 매일매일 똑같이 반복되는 생활이 지긋지긋했다. 그는 언젠가 드넓은 바다를 볼 수 있기를 꿈꿨다.

두 번째 나무는 자유롭게 하늘을 날고 싶었다. 그는 더 높은 곳에서 끝없이 펼쳐진 대지를 내려다보고 싶었다.

세 그루의 나무 중 유일하게 세 번째 나무만이 산꼭대기를 떠나고 싶어 하지 않았다. 사실 세 번째 나무의 마음속에는 한 가지 비밀이 있었는데, 그가 우뚝 솟아 있는 곳에서는 마침 성을 굽어볼 수 있었다. 몇 년 전 성에는 작은 공주님이 태어났다. 세 번째 나무는 공주가 한 해 한 해 성장하는 모습을 지켜봐 왔다. 공주는 날이 갈수록 귀엽고 아름다워졌고, 공주의 즐거운 웃음소리를 들을 때면 세 번째 나무도 덩달아 즐거워졌다. 그의 소원은 앞으로도 계속 산꼭대기에서 묵묵히 공주를 지켜보는 것이었다.

하느님은 세 나무의 소원을 전부 들으셨다.

어느 날, 뱃사람이 배를 만들 목재를 찾기 위해 산꼭대기에 올라왔다. 뱃사람은 조금도 주저하지 않고 첫 번째 나무를 베어 갔고, 그것으로 배의 앞머리를 장식했다. 첫 번째 나무는 기쁜 나머지 잔뜩 흥분했다.

어느 날, 비행사가 산꼭대기에 올라왔다. 비행사는 비행기의 날개를 만들기 위해 단번에 두 번째 나무를 베었다. 두 번째 나무는 더할 나위 없이 기뻤다.

그리고 또 어느 날, 한 남자가 산꼭대기에 나타났다. 꽤나 거칠어 보이는 남자는 손을 비비면서 중얼거렸다. "날이 점점 추워지고 있으니 땔감으로 쓸 나무를 베어 가야겠다." 세 번째 나무는 속으로 "안돼요!"라고 소리쳤지만, 남자의 도끼는 인정사정없이 나무를 겨누었다. 두세 번 도끼질을 한 끝에 결국 세 번째 나무는 쓰러

몹시 좌절될 것같이 여겨지는 사건이
전화위복으로 그 사람의 인생에
최대의 분기점이 되는 경우가 있다.
전화위복의 기회는 항상 있다.

-디오도어 루빈

지고 말았다.

　남자는 세 번째 나무를 성안으로 가지고 갔다. 그러고는 아무렇게나 뒷마당에 던져두고 한동안 내버려 두었다. 그러던 어느 날, 남자는 나무를 조각내기 위해 톱을 들고 세 번째 나무 곁으로 다가왔다. 세 번째 나무는 절망한 나머지 눈을 질끈 감았다.

　그런데 갑자기 어떤 목소리가 들려왔다. "이보게, 이렇게 질이 좋은 나무를 조각으로 만들 생각인가. 내가 보기엔 너무 아까운 걸!" 상인으로 보이는 차림새를 한 남자가 말했다. "나는 가구를 파는 상인일세. 그 나무를 나에게 팔지 않겠나?"

　상인은 나무를 가져와 자르고 못을 박았다. 세 번째 나무는 그저 묵묵히 아픔을 참아 낼 뿐이었다.

　결국 세 번째 나무는 침대가 되었고 호화로운 저택으로 보내졌다. 세 번째 나무는 평생 다시는 공주를 볼 수 없다는 생각에 마음이 찢어질 듯 아팠다. 나무는 마음속으로 소리쳤다. "하느님! 하느님은 왜 저의 기도를 들어주시지 않나요?"

　세 번째 나무가 모든 희망을 포기하고 있을 때, 갑자기 은방울 같은 영롱한 목소리가 들려왔다. "이게 저의 새 침대예요? 정말 예뻐요!"

　드디어 세 번째 나무는 사랑하는 공주를 만나게 되었고, 공주는 침대가 된 세 번째 나무를 보고 기뻐하며 달려들었다. 세 번째 나무는 그저 꿈만 같았다. 세 번째 나무는 황궁으로 보내져서 공주의 새로운 침대가 된 것이다.

그날 밤, 세 번째 나무와 공주는 함께 달콤한 잠을 잤다.

하느님은 세 번째 나무의 꿈속에 찾아와 미소를 지으면서 말했다. "애야, 때로는 너에게 더 좋은 것을 주기 위해서 너의 기도를 당장 들어주지 않을 때도 있단다."

한 친구가 몇 년 전에 결혼을 했다. 남편은 그녀를 세심하고 정성스레 돌봐 주는 사람이었고, 두 사람은 귀여운 아이도 낳았다.

나는 그녀와 잘 아는 사이였기 때문에 그녀의 과거를 너무나도 잘 알고 있었다. 그녀는 결혼 전에 몇 번 연애를 했는데 정말이지 매번 재난의 연속이었다. 양다리를 걸치는 남자, 기둥서방 노릇을 하는 남자를 만난 적도 있었고, 심지어 폭력성이 있는 남자친구한테 맞아서 병원에 입원한 적도 있었다. 그냥 넘어갈 수 없다고 생각한 그녀는 법원에 고소했지만 한동안 너무나도 힘든 시간을 보내야 했다. 특히 그녀의 마음속 고통은 겉으로 드러난 고통보다 더 심각했다.

다행히도 이 모든 일은 다 지나간 과거가 되었다. 한번은 둘이 만난 자리에서 그녀는 자기가 먼저 과거의 힘들었던 연애 이야기를 꺼내기 시작했다. 그녀는 예전에는 하느님은 왜 항상 자기를 힘들게 한 것인지, 자기는 진심으로 연애를 했는데 왜 항상 말도 안되는 보답을 받은 것인지 이해할 수 없다는 이야기였다.

그러더니 갑자기 그녀는 미소를 지었다. "내 생각에 하느님이 나에게 그런 일을 겪게 하신 건 나와 맞지 않는 사람을 떠나서 제대로 된 사람을 만나게 하기 위해서였던 것 같아."

그녀의 말을 곰곰이 생각해 보니 정말 일리가 있는 듯싶었다. 자신과 맞지 않는 사람에게 이별을 고해야 비로소 좋은 사람을 만날 기회가 주어지는 것이다. 비단 사랑이나 연애뿐만 아니라 우리의 인생도 마찬가지다. 인생의 우여곡절은 우리를 한없이 깊은 골짜기로 떨어지게 하지만, 이는 인생의 또 다른 봉우리에 오를 기회이기도 하다.

"하느님이 당신의 기도에 즉시 응답하지 않는 것은 더 좋은 것을 주시려 하기 때문이다." 나는 이 말을 참 좋아한다. 만약 당신이 정말로 인생의 깊은 골짜기에 빠져 있다고 해도 포기하지 말고, 언제나 위의 말을 생각해 보라. 그러면 언젠가는 희망의 빛이 다가올 것이다.

Points to
인생에
맞이 나게 하는 생각
keep in mind

인생은 항상 끊임없이 변화한다.
오늘의 고난은 내일의 기쁨이 될 수도 있다.
깊은 골짜기에 떨어진 듯한 기분이 들어도 포기하지 말라.
포기하지 않으면 우리는 더욱 아름다운 내일을 맞이할 수 있다.

6

말 한마디의 힘

짧은 말 한마디로도
따뜻함과 포용, 용서의 마음을 전달할 수 있다.
이렇듯 말의 힘은 우리의 상상을 훨씬 뛰어넘는다.

병원에서 오랫동안 근무한 간호사가 있었다. 그녀는 성실한 간호사였지만 일을 할수록 의기소침해져서 최근에는 직업을 바꿔야겠다고 생각하던 차였다. 의사와 간호사가 아무리 최선을 다해도 상식에 어긋나는 행동을 하는 '괴물 같은 환자', '괴물 같은 보호자'가 날이 갈수록 늘어나다 보니 회의감을 느꼈던 것이다. 그들에게서는 의사와 간호사에게 감사하는 마음을 전혀 찾아볼 수가 없고, 오히려 어떻게 해서든지 싸움을 걸 기회를 찾거나 건수만 잡으면 고소하겠다고 협박을 하는 경우도 있었다.

그런데 간호사가 사표를 내려고 마음먹은 날, 어떤 남자가 찾아와서 그녀에게 이렇게 말했다. "예전에 제 어머니께서 이 병원에 입원하셨을 때 여러모로 보살펴 주셨다고 들었습니다. 얼마 전에 돌아가셨는데 당신에게 유산의 일부를 남기셨어요. 많지 않은 금액이지만 부디 받아 주셨으면 합니다."

"아니에요, 아니에요. 환자를 돌보는 건 제 일인걸요. 이 돈은 받을 수 없습니다." 간호사는 재빨리 거절했다. 그러자 남자는 편지한 통을 꺼내며 "이것은 제 어머니께서 생전에 직접 남기신 편지입니다. 한번 읽어 보세요"라고 말했다. 편지에는 다음과 같이 쓰여 있었다.

오 년 전에 나는 암에 걸렸다. 의사 선생님은 나에게 앞으로 살날이 반년밖에 안 남았다고 이야기하셨지.

병원에 입원해 있는 한 달 동안 나는 일부러 너희에게 그 사실을 알리지 않았단다. 그냥 여행을 간다고 거짓말을 했었지. 너희에게 걱정을 끼치고 싶지 않았거든. 퇴원을 하는 날에 나는 바다에 뛰어들어 목숨을 끊을 생각이었다.

그런데 내가 병원 문을 나설 때 간호사 한 분이 급하게 달려와서는 내 짐을 들어 주었단다. 그녀는 따스한 미소를 띠고 나에게 말했어. "저는 지금까지 암에 걸린 환자분들을 많이 봤는데요.

다들 치료를 열심히 받으셔서 생각했던 것보다 훨씬 오래 사시더라고요. 환자분도 희망을 버리지 마시고 몸조리 잘하세요."

그녀의 말을 듣고 나는 목숨을 끊겠다는 생각을 버리고 집으로 돌아왔단다. 그 후 몇 년이나 더 살 수 있었던 건 그녀 덕분인 셈이지.

내가 세상을 떠나면 그 간호사를 찾아가 내가 가슴 깊이 감사하고 있었다는 말을 전해 주렴. 그녀의 이름은……

여기까지 읽은 간호사의 눈에는 눈물이 그렁그렁 고였다. 그리고 그녀는 간호사 일을 그만두지 않기로 결정했다.

최근 산궈시(單國璽) 추기경님이 90세를 일기로 세상을 떠나셨다. 그 뉴스를 보고 나는 안타까운 마음을 금할 길이 없었다. 그때 추기경님께 드리고 싶은 말이 한마디 떠올랐다. "추기경님, 전에 뵈었을 때 따뜻하게 대해 주셔서 정말 감사했습니다."

몇 년 전, 나는 햇병아리 기자에 불과했다. 그런데도 잡지사에서는 아직 신참이었던 나에게 산궈시 추기경이라는 대단한 인물을 인터뷰하는 일을 맡겼다. 당시에 나는 무척 긴장해서 인터뷰 전에 자료를 몇 번이나 살펴보면서 만반의 준비를 했다. 그리고 약속 시간이 되기 전에 미리 성당에 도착했다. 이윽고 인터뷰 시간이 되어 추기경님과 인사를 나눈 다음 노트를 꺼내고 녹음기 버튼을 눌렀다. 그런데 아무리 뒤져도 필기구가 보이지 않는 것이 아닌가! 그제야 나는 필기구를 가져오지 않았다는 사실을 깨달았다.

긴장한 나머지 얼굴이 하얗게 질린 나는 최대한 죄송스러운 마음을 담아 "추기경님, 정말 죄송합니다. 제가 깜빡하고 필기구를 가져오지 않았네요"라고 말씀드렸다.

"괜찮습니다. 제 펜을 빌려드리면 되지요." 추기경님은 곤란해하는 내 모습을 보시더니 주머니에서 펜을 꺼내 나에게 건네주셨다. 그러고는 미소를 띤 얼굴로 말씀하셨다. "신경 쓰지 마세요. 저도 자주 펜을 잃어버리곤 한답니다. 별거 아닌 일인데요, 뭐."

추기경님은 나의 모든 질문에 침착하고 자세하게 대답해 주셨고, 말씀 중에 진심이 담긴 눈물을 보이시기도 했다. 어느덧 정해진 인터뷰 시간이 훌쩍 지났다는 사실을 깨닫고 내가 서둘러 인터뷰를 마치려고 하자 추기경님은 이렇게 말씀하셨다. "괜찮아요. 아직 시간이 좀 있으니까 우리 천천히 이야기를 나눕시다."

그렇게 긴 인터뷰를 마치고 추기경님은 성당 문 앞까지 나를 배웅해 주셨다. 내가 정말 감사하다고 말씀드리자 추기경님은 "저야말로 고마워요. 기자님이 열심히 해 주신 덕분에 인터뷰가 참 즐거웠습니다"라고 말씀하셨다.

그 후로 나는 수많은 유명인을 인터뷰해 왔다. 그러면서 나는 유명인이 대개 세 부류로 나뉜다는 사실을 발견하게 되었다. 첫째는 무례하고 오만한 태도를 가진 사람들이고, 둘째는 태도는 온화하지만 무의식중에 말로는 표현할 수 없는 부담을 주는 사람들이다. 그리고 셋째는 주위 사람들에게 전혀 부담을 주지 않으면서 매우 친절하고 최선을 다하는 사람들인데, 추기경님은 바로 세 번째 부류에 속하는 분이었다.

추기경님의 부고를 전하는 뉴스에서 신도 한 사람이 나와 그분과의 추억을 이야기했다. 추기경님은 세상을 떠나시기 얼마 전에 직접 미사를 인도하셨다고 한다. 미사가 끝난 후 추기경님은 성당에 모인 신도들을 향해 갑자기 무릎을 꿇고는 이렇게 말씀하셨다는 것이다. "만약 제가 평생 동안 혹시라도 잘못해서 당신에게 죄를 지은 게 있다면 부디 저를 용서해 주시기 바랍니다." 나는 이 말 한마디에 추기경님의 위대한 인격이 고스란히 담겨 있다고 생각한다.

이해가 담긴 한마디의 말이 상대방의 난처해하는 마음을 풀어 줄 수 있고, 진심이 담긴 사과의 말 한마디가 오해를 풀어 주며, 친절한 말 한마디가 누군가의 생명을 구할 수도 있다. 그러므로 여러분도 부디 '말 한마디의 힘'을 얕보지 말기를 바란다.

짧은 말 한마디가 커다란 힘을 발휘할 수도 있다.
그러니 좋은 말을 하는 데 인색하게 굴지 말고 상대방을 이해하면서 함께 따뜻한 마음을 나누도록 하자.

7

상대방에게 당신이 알지 못하는
아픔이 있을 수도 있다

우리는 다른 사람의 행동을 이해하지 못한다.
그러나 그러한 행동의 이면에는
커다란 아픔이 숨겨져 있을 수도 있다.

어느 궁벽한 곳에 작은 마을이 하나 있었다. 마을에는 전체를 통틀어 병원이 하나밖에 없었고, 그 병원에는 의사가 한 명뿐이었다. 어느 날, 한 남자아이의 다리가 부러졌는데 급히 수술을 받아야 했다. 가족들은 급히 아이를 병원으로 데려갔지만 의사가 부재중이었다.

30분이 지나자 간호사의 연락을 받은 의사가 급한 걸음으로 병원에 도착했다. 그의 머리는 마구 헝클어져 있었고 마치 정신이 나간 듯한 모습이었다. 남자아이의 부모는 화를 내며 의사에게 따졌다. "도대체 어디 갔었기에 이제야 나타나요? 명색이 병원인데 의사가 부재중이라니 그게 말이나 됩니까?"

의사는 아무 대답도 하지 않고 재빨리 수술실로 들어가 수술을 시작했다.

수술은 순조롭게 끝났지만 남자아이의 가족들은 의사에게 따지고 싶은 마음이 굴뚝같았다. 그러나 의사는 그들에게 말할 기회도 주지 않고 고개를 숙인 채 황급히 병원을 떠났다.

남자아이의 부모는 부아가 치밀었다. "아니, 뭐 저딴 의사가 다 있어? 태도가 아주 오만하기 짝이 없군. 우리와는 말도 하기 싫다는 거야, 뭐야?"

옆에 있던 간호사는 그들의 말을 듣더니 갑자기 눈물을 뚝뚝 흘리기 시작했다. "사실 선생님의 아이가 며칠 전에 불의의 사고로 세상을 떠났어요. 보호자께서 병원에 도착하셨을 때 선생님은 아이의 장례식에 참석 중이셨습니다. 수술이 성공적으로 끝났으니, 한시라도 빨리 묘지에 가서 아이의 마지막 가는 길을 지켜보려고 하신 거예요."

나에겐 대학 교수 친구가 한 명 있다. 한번은 그가 전화를 걸어 자기가 일하는 대학에서 특별 강연을 해 달라고 제안하기에 단번에 승낙한 적이 있었다. 그때 친구는 앞으로 조교 한 사람이 나와

다른 사람을 비난하려고 생각하기 전에
자기 자신을 충분히 살펴보아야 한다.

-몰리에르

의 연락을 담당하게 될 거라고 말했다.

그런데 이후로 한참이 지나도 전화 한 통 걸려오지 않았다. 나는 강연 바로 전날에도 아무런 세부적인 내용도 알지 못했다. 심지어는 도대체 대학의 어느 건물에서 강연을 하는지, 강연이 몇 시에 시작되는지까지도 말이다. 결국 나는 참을 수가 없어서 직접 그 조교에게 전화를 걸었고, 그제야 특별 강연에 대한 자세한 내용을 들을 수 있었다.

솔직히 당시에 나는 마음이 좀 언짢았다. 내가 돈 한 푼 나오지 않고 교통비조차 자비로 해결해야 하는 특별 강연 요청을 수락한 것은 어디까지나 대학생들과 나의 경험을 나누고 싶어서였다. 그런데도 왜 이렇게 무례한 대우를 받아야 하는 걸까 하는 생각이 들었다.

지금이야 나이가 있어서 자제하고 있지만 젊었을 적에 나는 한 성격 하는 사람이었다. 그때 같았으면 아마 그 조교에게 전화를 해서 한바탕 욕설을 퍼부었을지도 모른다. 비록 지금의 나는 조교에게 직접 욕을 퍼붓지는 않지만 그래도 교수 친구에게 전화를 걸어 미주알고주알 일러바치고 싶은 마음이 간절했다. 하지만 결국 생각을 바꾸고 그냥 그만두기로 했다. 나한테 대단한 피해가 있었던 것도 아니고, 기왕 도와주기로 한 거 끝까지 좋은 마음으로 일을 마치는 게 좋겠다는 생각이 들어서였다.

그리하여 특별 강연이 순조롭게 끝나고 교수 친구가 나에게 감사의 뜻으로 저녁을 사겠다고 했다. 그런데 식사를 하는 자리에서 그가 뜻밖에도 먼저 조교의 이야기를 꺼내는 것이 아닌가. "그 친구가 요즘 많이 힘들었어. 어머니가 암 말기 환자시거든. 매일 병원에 가서 어머니도 간호해야 하는데 할 일도 있었으니 아마 눈코 뜰 새 없이 바쁘고 정신이 없었을 거야."

친구의 말을 듣는 순간 나는 조교를 책망하지 않아서 정말 다행이라고 생각했다. 만약 그랬다면 그 순간 너무 미안해서 몸 둘 바를 몰랐을 것이다.

우리는 살아가면서 종종 우리의 기분을 불쾌하게 만드는 사람을 만나게 된다. 다른 사람들의 사소한 행동에 하루 종일 불쾌해하는 일도 종종 있다. 그럴 때 있는 대로 화를 내기보다는 한번 입장을 바꾸어서 생각해 보는 것이 어떨까? 상대방에게 우리가 알지 못하는 아픔이 있을 거라고 말이다.

Points to
인생에
맛이 나게 하는 생각
keep in mind

사람들은 항상 자기 입장에서 생각하는 버릇이 있다. 다른 사람이 우리에게 무례하고 상식에 어긋나는 행동을 하면 우리의 '자아'는 불같이 화를 내면서 그 사람을 책망하기 시작한다. 그렇지만 한번 생각해 보자. 다른 사람 때문에 굳이 자신의 기분을 망가뜨릴 필요가 있을까?
사실 우리의 '자아'는 그렇게 대단하지 않다. 그리고 우리에게 상처를 주는 '타인'의 마음속에는 우리가 알지 못하는 아픔이 있을지도 모른다.

8

다른 사람을 돕는 것은
나 자신을 돕는 것이다

만약 자신의 눈에 자신밖에 보이지 않는다면
점점 진정한 자신의 모습을 잃게 될 것이다.

광대한 토지를 소유한 어느 부자가 있었다. 그 부자의 땅은 굉장히 넓어서 그중에는 입지가 좋고 가격도 굉장히 비싼 땅도 있는 반면, 궁벽하고 외진 곳에 있어 팔아도 그다지 좋은 가격을 받을 수 없는 땅도 있었다.

어느 날, 부자가 살고 있는 도시의 시장이 갑자기 찾아와 부자에게 한 가지 부탁을 했다. "선생님, 저는 우리 시에 대학을 설립하려고 계획 중입니다. 그런데 경비가 많이 부족한 상황이라 마땅한 토지를 구입할 수가 없습니다. 듣자하니 선생님께 쓰지 않는 토지가 있다고 하던데 혹시 그 땅에 대학을 설립하게 해 주실 수는 없겠습니까?"

부자는 단번에 좋다고 대답했다. 그는 무상으로 토지를 제공하는 것뿐만 아니라 학교 건물을 설립하는 데 필요한 비용도 기부하겠다고 했다. 시장은 너무나도 감사할 따름이었다.

이러한 부자의 결정은 지인들의 비웃음을 샀다. "이 바보 같은 사람아, 시에서 꼭 필요하다고 했으니 그 기회를 이용해 한몫 건질 생각을 해야지!"라고 말하는 사람도 있었고, "자선 사업은 한 번 시작하면 한도 끝도 없다는 걸 모르는 건가? 자네가 이번에 도움을 주었으니 분명 시장은 다음번에 또 자네에게 터무니없는 요구를 할 걸세. 그럼 그때는 어떻게 할 건가!"라고 말하는 사람도 있었다.

그러나 부자는 토지를 기부하고 대학 설립에 도움을 주는 것이 자신이 살아온 고향에 보답할 수 있는 좋은 기회라고 생각했다. 그래서 아무리 사람들이 자신을 비웃어도 전혀 신경 쓰지 않았다.

몇 개월 후, 드디어 대학 건물이 완공되었다. 대학이 설립된 지 얼마 지나지 않아 한 사람이 부자의 사무실을 찾아와 물었다. "학생들이 학교 밖에서 식사를 할 수 있기를 원하고 있습니다. 그래서 저는 식당을 지을 땅을 선생님께 빌리고 싶습니다." 부자는 곧바로 승낙했다.

또 다른 사람이 부자를 찾아왔다. "학생들이 서점을 필요로 하고 있습니다. 그래서 선생님께 서점을 지을 땅을 빌리고 싶어 찾아왔습니다."

이어서 세탁소, 카페, 잡화점을 열고 싶어 하는 사람들이 잇달아 부자를 찾아와 땅을 빌렸다. 부자의 소유인 대학가 주변의 땅은 점점 번화했고, 나중에는 대형 상가와 운수 회사도 들어서게 되었다. 부자는 그 틈을 타서 대학 주변에 집을 몇 채 지었는데 몇 달도 안 되어서 입주자가 가득 찼다. 이렇게 해서 처음에는 불모지나 다름없던 부자의 땅은 완전히 변모하여 신흥 도시가 되었다.

독자 여러분에게 정말로 있었던 이야기를 하나 해 드리려고 한다. 내가 아는 사람 중에 사업에 크게 성공한 한 남자가 있었다. 그런데 그는 몇 년 전부터 갑자기 원인을 알 수 없는 두통에 시달렸다. 고통이 어찌나 심했던지 불면증과 노이로제까지 찾아왔다. 그래서 남자는 두통을 낫게 해 줄 명의를 찾아다녔다. 어디에 대단한 의사가 있다더라 하는 이야기를 들으면 당장 그 의사를 찾아갔고, 심지어는 외국에까지 가서 진찰을 받았다. 그러나 결국 단 한 사람도 두통의 진짜 원인을 밝혀내지 못했다.

그러는 사이 그는 의사뿐만 아니라 민간요법이나 미신에도 도움을 구하기 시작했다. 병 치료에 효험이 있는 사찰이 있다는 이야기를 들으면 바로 뛰어가서 참배를 했고, 신통한 무당이 있다는 이야기를 들으면 바로 찾아가서 큰 액수의 돈을 갖다 바쳤다. 참선,

정좌, 요가, 기공 등 무언가가 두통에 효과가 있다는 이야기를 들으면 그는 바로 달려가서 열심히 배웠다.

그러나 아무리 여기저기를 찾아다니며 두통을 고치려고 노력해 봐도 효과가 있는 것이 전혀 없었다. 심지어 어떤 의사는 그의 두통이 심리적인 요인에서 기인했다는 진단을 내렸다. 정신병원에 들어가 치료를 받아 보는 것이 어떻겠냐는 의사의 권유에 따라 그는 호화로운 저택을 떠나 정신병원에 들어갔다. 그 병원에서 그는 매일 심리 상담을 받고 항우울증 약을 복용했지만, 두통이 나아지기는커녕 오히려 점점 심해지기만 했다. 결국 아무런 소득 없이 정신병원을 퇴원하면서 절망한 그는 여차하면 죽어 버리면 그만이라고 생각하게 되었다.

단, 비록 죽을 결심을 하기는 했지만 막대한 재산을 물려줄 후계자가 없다는 사실이 마음에 걸렸다. 어차피 남겨 줄 사람도 없는데 죽기 전에 그 돈을 다 써버리지 않으면 한이 될 것 같았던 것이다.

하지만 그는 물건을 사는 데 별로 취미가 없는 사람이었다. 그렇다면 막대한 재산을 도대체 어디에 쓰면 좋을까? 그때 누군가 "자선사업을 하는 데 돈이 가장 많이 든다"고 이야기했다. 이를 듣자마자 그는 가정 형편이 어려운 아이들에게 장학금을 나눠 주는 장학회를 설립했다.

결국 불과 2, 3년 만에 그의 재산이 밑바닥을 보이기 시작했다. 그런데 정작 마음 놓고 세상을 떠날 수 있게 되자 오히려 죽고 싶지 않다는 생각이 들었다. "만약 내가 죽으면 누가 아이들에게 장학금을 주지? 만약 아이들이 돈이 없어서 학교에 다니지 못하게 된다면 나는 절대 편히 눈을 감지 못할 거야!"

그리하여 그는 다시 새로운 회사를 경영하면서 벌어들인 돈으로 가정 형편이 어려운 아이들에게 계속 장학금을 주었다.

이 이야기는 사실 몇 년 전에 인터뷰를 하기 위해 찾아갔던 모 장학회에서 들은 실제 사례다. 장학회를 설립한 분은 자신의 과거를 이야기하면서 무척 쑥스러워하더니 기사로 쓰지 말아 달라고 부탁했다. 그래서 나는 여기에 그분의 이름을 밝히지 않았고 장학회의 운영 방향도 어느 정도 수정했다.

인터뷰할 당시에 나는 그에게 물었다. "그렇다면 지금 선생님의 두통은 어떠신가요? 좀 나아지셨나요?" 그는 "하하" 하고 큰 소리로 웃었다. "이미 다 나았고말고요! 장학회 일로 바빠지면서부터 제 두통은 씻은 듯이 없어졌어요!"

그분과의 인터뷰를 통해 나는 "다른 사람을 돕는 것은 나 자신을 돕는 것이다"라는 말의 의미를 새삼 느낄 수 있었다.

Points to
인생에
맛이 나게 하는 생각
keep in mind

만약 자신의 눈에 자신밖에 보이지 않는다면 점점 진정한 자신의 모습을 잃게 될 것이다.
다른 사람을 돕기 위해 노력하는 사람에게는 자기 자신을 생각할 틈이 없다.

9

좀 더 남을 배려하는 마음

누군가를 진심으로 대하고,
일을 할 때도 진심으로 임한다면
우리의 삶에는 기적과 감동이 끊이지 않을 것이다.

어떤 여자가 교원자격증을 취득했다. 그렇지만
좀처럼 임용이 되지 않았고, 그녀는 어쩔 수 없이 대리 수업을 맡
는 '떠돌이 선생님'이 되어 생활비를 벌었다. 비록 자격증은 취득
했지만 불안정한 생활이 계속되었고, 교사로서 어떤 성취감도 느
낄 수 없었다.

그러던 어느 날, 그녀는 한 초등학교에서 시행하는 교사채용시
험에 참가하게 되었다. 단지 결원이 한 자리 났을 뿐인데도 수많은

지원자가 몰려들었다. 그 어마어마한 경쟁률에 그녀는 완전히 자신감을 잃고 말았다.

채용시험을 치르는 현장에 도착하니 마음은 더욱 불안해졌다. 다른 지원자들은 교재를 산더미처럼 준비해 왔는데 그녀는 준비해 온 것이 없었기 때문이다. 게다가 다른 지원자들은 다들 쟁쟁한 경력을 가진 것처럼 보였지만 그녀는 대학을 졸업한 지 얼마 되지 않은 신출내기에 불과했다. 결정적으로 다른 지원자들은 청산유수 같은 말솜씨로 모의 수업을 진행했는데, 그녀는 계속 교단 아래에 있는 심사위원들의 눈초리를 신경 쓰느라 긴장해서 말을 더듬기까지 했다.

그렇게 채용시험이 끝나자 그녀는 자기가 임용되는 일은 절대 없을 거라 생각하고는 완전히 낙담해 버렸다.

그런데 놀랍게도 그녀는 합격했다. 합격자 발표를 확인하는 순간 그녀는 자신의 두 눈을 의심했다.

초등학교에 정식으로 임용이 되고 나서 그녀는 궁금한 나머지 교장 선생님에게 물었다. "교장 선생님, 그날 시험에 응시한 다른 교사들은 저와 비교도 할 수 없을 만큼 우수했잖아요. 저도 그 사실을 잘 알고 있었고요. 계속 의아하게 생각하고 있었는데, 선생님께서는 왜 저를 임용하신 건가요?"

교장 선생님은 말했다. "내가 당신을 임용한 이유는 단 한 가지, 당신의 공책에 학생들의 이름이 적혀 있는 것을 보았기 때문이에요."

여자는 교장 선생님의 말뜻을 이해할 수가 없었다. "그게 그렇게 중요한가요?"

"물론이지요. 다른 선생님들은 학생들을 번호로 불렀는데 당신만이 학생들의 이름을 불러 주었거든요." 교장 선생님은 웃으면서 대답했다. "학생들의 이름을 기억하려고 노력조차 하지 않는 사람이 어떻게 좋은 선생님이 될 수 있겠어요?"

나는 한 나라를 몇 번씩 다녀올 정도로 여행을 정말 좋아한다. 언젠가 한번은 가족들과 여행을 떠날 계획을 세웠는데 그 장소가 이전에 세 번이나 갔다 왔던 인도네시아 발리였다. 그 여행까지 포함하면 도합 네 번째 방문이어서 될 수 있으면 예전과는 다른 곳을 구경하고 싶었다.

그래서 나는 인터넷에서 자료를 다양하게 수집한 다음 한 여행사를 찾아갔다. 그리고 수집한 자료를 전부 담당 여직원에게 건네주었다. 여직원은 내가 건네준 자료를 보고 조금 당황한 듯했다. 아마도 내가 가고 싶어 하는 지역에 대해 잘 모르기 때문인 듯했다.

며칠 후, 그녀는 현지의 가이드에게 문의한 다음 여행 일정을 짜 주었다. 그러나 나는 그 일정에 만족하지 못해서 몇 번이고 그녀와 의견을 주고받으면서 일정을 계속 바꾸었다. 그런데도 여직원은 일체 성가신 기색을 전혀 보이지 않고 시종일관 매우 참을성 있는 태도를 보여 주었다. 그 덕분에 나와 가족들은 기억에 남을 만한 멋진 여행을 즐길 수 있었다.

이런 이유로 나는 그 여직원에게 감사의 마음을 전해야겠다고 마음먹고 어떤 방법이 좋을지 고민하기 시작했다. 직접적으로 감사하다고 이야기하는 방법도 있겠지만 그보다 효과적인 방법을 찾고 싶었다. 그래서 나는 담당 여직원의 친절과 인내심에 대해 칭찬하는 내용이 담긴 메일을 여행사의 책임자에게 보냈다.

그러자 나를 담당했던 여직원이 내가 보낸 메일 덕분에 책임자에게 칭찬을 받았다며 정말 감사하다는 전화를 걸어왔다. 그뿐만 아니라 책임자가 내가 보낸 메일에 대한 감상을 개인 블로그에까지 올렸다고 했다. 나는 문득 호기심이 발동해서 인터넷을 검색해 그 책임자가 쓴 글을 읽어 보았다. 글의 대강은 다음과 같다.

나는 여행사에서 다년간 근무해 왔지만, 고객으로부터 메일을 받는 일이 가장 두렵다. 고객이 보낸 메일은 대부분 불만과 원망의 목소리가 담긴 내용이 가득하니까. 하지만 일은 일이기에 나는 오늘도 출근하자마자 컴퓨터를 켜고 고객이 보내온 메일을 보았다. 제목은 '이번 발리 여행에 대해서'였다. 나는 고객이 또 불만이 담긴 메일을 보내온 줄 알고 깊은 한숨을 내쉬었다.

그러나 나의 예상은 완전히 빗나갔다. 그 메일은 불만의 메일이 아닌 감사의 메일이었다. 나는 지난 십수년간 여행사에서 일

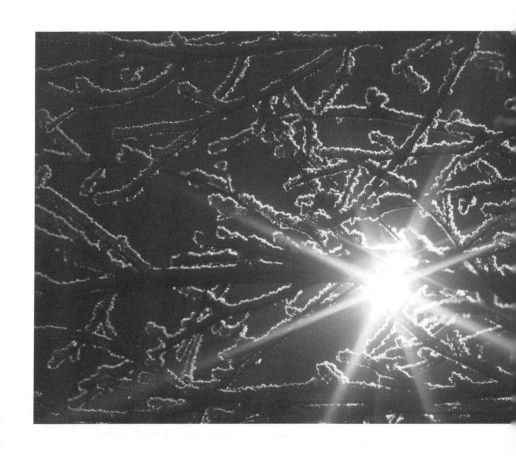

친절은 세상을 아름답게 한다.
모든 비난을 해결한다.
얽힌 것을 풀어헤치고, 곤란한 일을 수월하게 하고,
암담한 것을 즐거움으로 바꾼다.

—톨스토이

하면서 감사의 메일을 받아본 것은 이번이 처음이었다.

고객이 보내 주신 감사의 메일을 읽자 내 마음에는 따스하고 즐거운 기운이 흘러넘쳤다. 그리고 우리 여행사와 직원을 칭찬해 주신 고객에게 정말 감사하는 마음이 들었다. 그분의 격려 덕분에 우리는 의욕이 넘치게 하루 업무를 시작할 수 있었다.

책임자가 블로그에 올린 글을 다 읽자 내 마음속에도 훈훈한 기운이 퍼져 나갔다. 이전까지 나는 단순한 메일 한 통, 몇 문장의 짧은 칭찬의 말이 세 사람-나를 담당한 여직원, 여행사의 책임자, 그리고 나-이나 행복하게 할 줄은 꿈에도 생각지 못했다.

이렇듯 즐거움과 배려, 감동과 같은 긍정적인 기분은 사실 전염성이 있다. 좋은 말과 좋은 일을 더 많이 해 보자. 비록 그것이 아주 사소한 일일지라도 큰 감동을 만들어 낼 수 있을지도 모르니 말이다.

Points to
인생에
맛이 나게 하는 생각
keep in mind

즐거움과 배려, 감동과 같은 긍정적인 기분은 강력한 전염성을 가지고 있다.
좋은 말을 더 많이 하고, 한 번이라도 더 미소를 지어 보자.
좀 더 다른 사람을 배려하는 것만으로도 그 사람뿐 아니라 자기 자신도 행복해질 수 있다.

10

나의 작은 선행이
기적을 일으킬 수 있다

작은 선행이 모여서
커다란 기적을 만든다.

어느 시골 마을, 조용한 곡식 창고에 생쥐 한 마리
가 살고 있었다. 어느 날, 생쥐는 평소처럼 곡식 창고 안에서 한가
로이 이리저리 돌아다니다가 한쪽 구석에 놓여 있는 쥐덫을 보고
깜짝 놀랐다. 생쥐는 쥐덫에 걸릴까 봐 너무 무서웠지만 그렇다고
다른 곳으로 옮길 엄두는 전혀 나지 않았다.

마음이 급해진 생쥐는 어미 닭에게 도움을 청하러 달려갔다.
"큰일 났어요! 곡식 창고에 쥐덫이 놓여 있어요! 죄송하지만 쥐덫

을 딴 데로 옮겨 주실 수 있을까요?"

어미 닭은 생쥐를 한참 바라보더니 귀찮다는 듯이 진흙을 파헤치며 말했다. "쥐덫이 있든 말든 나랑은 아무 상관도 없는데 내가 왜 쥐덫 옮기는 일을 도와야 하니?"

생쥐는 또 어미 돼지에게 도움을 청하러 달려갔다. "큰일 났어요! 곡식 창고에 쥐덫이 놓여 있어요! 죄송하지만 쥐덫을 딴 데로 옮겨 주실 수 있을까요?"

어미 돼지는 지루하다는 듯이 하품을 하며 말했다. "쥐덫이 있든 말든 나랑은 아무 상관도 없는데 내가 왜 쥐덫 옮기는 일을 도와야 하니?"

생쥐는 어쩔 수 없이 어미 소에게 도움을 청하러 달려갔다. "큰일 났어요! 곡식 창고에 쥐덫이 놓여 있어요! 죄송하지만 쥐덫을 딴 데로 옮겨 주실 수 있을까요?"

어미 소는 생쥐를 째려보며 말했다. "쥐덫이 있든 말든 나랑은 아무 상관도 없는데 내가 왜 쥐덫 옮기는 일을 도와야 하니?"

결국 혼자 곡식 창고로 돌아온 생쥐는 혹시 자신이 쥐덫에 걸릴까 봐 매일 전전긍긍하며 보냈다.

그러던 어느 날 밤, 쥐덫이 놓인 곳에서 갑자기 '탁!' 하는 소리가 들렸다. 분명 무엇인가 쥐덫에 걸려든 것이다!

곡식 창고의 여주인은 신이 나서 깜깜한 곡식 창고 안으로 들어가 바닥을 더듬어 쥐덫을 집어 들었다. 그 순간 여주인이 고통스러운 비명을 질러 댔다. 알고 보니 쥐덫에 걸린 것은 생쥐가 아니라 독사였다. 여주인은 독사에 물려 소리를 지른 것이다.

평온하던 농장은 한순간에 혼란에 빠졌다. 여주인의 남편은 의사를 부르러 급히 달려 나갔고, 이웃 사람들이 달려와 계속해서 몸을 부르르 떨고 있는 여주인을 돌봐 주었다. 잠시 후, 의사가 도착해서는 재빨리 응급조치를 했다.

여주인은 비록 목숨은 건졌지만 몸이 매우 쇠약해졌다. 그녀의 남편은 아내의 몸보신을 위해 어미 닭을 잡아 삼계탕을 끓였다.

여주인이 조금씩 건강을 회복하자 남편은 도움을 준 이웃들에게 감사하는 마음을 전하기 위해 어미 돼지를 잡아 성대한 잔치를 벌였다. 얼마 후 여주인은 드디어 완쾌되었다. 그러자 그녀의 남편은 치료비에 든 비용을 충당할 목적으로 어미 소를 도살장에 팔아 버렸다. 결국, '쥐덫 소동'에서 살아남은 것은 생쥐 한 마리뿐이었다.

우리는 누구나 관심과 배려가 가득한 사회에서 살아가고 싶어 한다. 그리고 도움이 필요한 순간에 주위 사람들이 우리에게 도움의 손길을 내밀어 주기를 원한다. 하지만 다른 사람이 나에게 선의를 베풀어 주기를 기대하기 전에 우선 입장을 바꾸어서 생각해 보자. 나는 과연 다른 사람에게 도움과 친절을 베푸는 사람일까?

얼마 전 신문에서 무척 감동적인 기사를 보았다.

타이베이 시에 어렸을 때부터 다운증후군과 다양한 중증 장애를 앓고 있는 소년이 살고 있었는데, 이 소년은 만 18세가 되자 특수학교를 졸업하고 장차 민간 기구에서 운영하는 직업훈련 과정에 참가하기를 원했다. 그러나 소년의 집과 훈련교실의 거리가 너무 먼 데다 중간에 지하철과 버스를 갈아타야 했기 때문에 장애가 있는 소년으로서는 불가능한 도전이나 마찬가지였다. 게다가 소년의 어머니는 식구들을 먹여 살리기 위해 돈을 버느라 바빠서 매일 아들을 데려다 주고 마중 나가기가 힘들었다. 그래서 소년이 계속 공부하기를 바라면서도 사실상 포기한 채 지내고 있었다.

그런데 소년은 기적적으로 혼자서 이 모든 과정을 해내는 데 성공한다. 매일매일 혼자 지하철과 버스를 타고 훈련교실과 집을 오간 것이다. 사실 이 성공에는 한 가지 비밀이 숨겨져 있었다. 많은 사람이 소년의 '수호천사'가 되어 그가 길을 잃어버리지 않도록 묵묵히 옆에서 지켜봐 주고 있었던 것이다.

또한 직업훈련을 진행하는 민간 기구는 소년이 혼자서 지하철과 버스를 타고 집에 돌아가는 큰 도전에 임하고 있다는 사실을 알고 바로 지하철과 버스 회사에 연락했다. 그리하여 각각의 기관이 모두 모여서 토론을 거친 후에 서로 분담해서 '사랑의 비밀 승객'을 파견하기로 결정했다.

우선 소년이 지하철역에 도착하면 역무원은 눈에 띄지 않는 곳에서 그를 주시한다. 역무원은 소년이 필요한 때면 언제든지 매표

소 위치와 탑승 방향을 알려줄 수 있도록 만반의 준비를 하고 있다. 그리고 비밀 승객 한 사람이 소년과 함께 지하철에 탑승해 소년이 올바른 역에서 하차하는지 조용히 지켜본다.

소년이 지하철역에서 나온 다음부터는 버스 회사의 직원이 임무를 이어받는다. 직원은 우선 소년이 올바른 정거장 표지 앞에 서 있는지 확인한다. 그런 다음 소년이 버스를 타면 그를 위해 일부러 비워 둔 자리에 앉게끔 유도한다. 운전수는 때때로 소년의 집 바로 앞까지 가서 버스를 세워주기도 했다.

이러한 과정을 전해 들은 소년의 어머니는 감격에 겨워 눈물을 흘렸다. "저는 평생 우리 아이가 혼자서 차를 타게 될 줄은 꿈에도 생각하지 못했어요! 정말 꿈만 같습니다!"

이것은 세상의 따뜻함을 느낄 수 있는 아름다운 기사였다. 이렇듯 한 사람의 선행이 아름다운 세상을 만들고, 많은 사람의 선행이 하나로 이어지면 희망과 기적을 만들어 낼 수 있다.

Points to
인생에
맛이 나게 하는 생각
keep in mind

사람들은 종종 "이 세상은 너무 삭막한 것 같아"라고 불평하곤 한다. 하지만 한 번 곰곰이 생각해 보자.
우리 역시 모르는 사이에 그 삭막함을 조성하는 데 일조하고 있는 것은 아닐까?
만약 이 세상이 더 따뜻해지기를 바란다면 당신이 먼저 따뜻함을 베풀어야 한다. 더 나아가 많은 사람이 따뜻함을 베푼다면 우리가 사는 세상은 희망으로 가득 차게 될 것이다.

11

발상의 전환이 불러온 기적

만약 현실을 바꿀 수 없다면
스스로 카멜레온이 되어 보는 것은 어떨까?
다양한 방법을 탐색하고 현실에 적용해 보는 것이다.

어느 마을에 식료품과 일상용품을 파는 작은 가게를 차린 남자가 있었다. 인근 주민이 자주 이 가게를 이용해서 장사 실적은 줄곧 괜찮은 편이었다.

그러던 어느 날, 그에게 생각지도 못한 위기가 닥쳤다. 주위에 대형마트가 들어선 것이다. 대형마트에는 다양한 물건이 구비되어 있고 가격도 더 저렴해서 그의 가게는 큰 타격을 받았다.

그러나 이러한 상황은 오래 지속되지 않았다. 그는 눈 깜짝할 사이에 잃어버린 고객을 되찾았고, 판매 수익도 오히려 이전보다 더 좋아졌다. 한 친구가 그에게 물어보았다. "도대체 비결이 뭐야? 상품 종류를 늘린 거야, 아니면 상품의 가격을 내린 거야?"

"둘 다 아니야. 사실은 그와 완전히 반대라네." 가게의 주인은 대답했다. "우리 가게는 예전보다 상품 종류도 줄었고 가격은 더 높아졌다네."

친구는 그 말을 듣고 정말 이상하다고 생각했다.

사정은 이러하다. 가게 주인은 부근에 사는 사람들이 대부분 세를 사는 직장인 혹은 노인이라는 사실에 주목했다. 그들의 공통점은 바로 혼자 산다는 것이었다. 그리하여 가게 주인은 발상의 전환을 꾀해서 '싱글의 경제'를 파악하기 시작했다. 가령 대형마트에서는 바나나를 한 송이씩 팔고 있지만 이는 사실 혼자 사는 사람들이 구입하기에 너무 부담스러운 양이다. 그래서 그는 바나나를 한 개 또는 두 개씩 낱개로 판매했다.

또한 혼자 사는 사람들이 제대로 된 재료를 갖춰서 요리하기가 쉽지 않다는 사실에 주목해서 미리 깨끗하게 손질해 놓은 재료를 메뉴에 따라 포장해서 판매했다. 포장을 벗기고 냄비 안에 넣어서 끓이기만 하면 바로 먹을 수 있게 만든 상품이었다.

누군가 그에게 성공 비결을 물을 때마다 그는 항상 이렇게 대답했다. "만약 현실을 바꿀 수 없다면 나 자신을 바꾸면 됩니다."

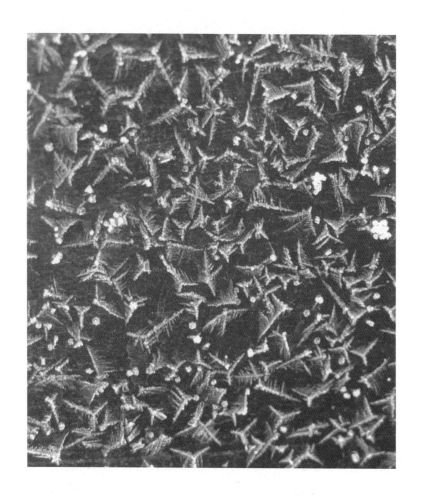

먼저 당신이 원하는 것을 결정하라.
그리고 그것을 이루기 위해
당신이 기꺼이 바꿀 수 있는 것이 무엇인지 결정하라.
그다음에는 그 일들의 우선순위를 정하고
곧바로 그 일에 착수하라.

-H. L. 린트

이러한 '싱글의 경제'는 일본 등 고령화가 진행된 사회에서 이미 일어나고 있는 새로운 흐름이다. 이야기에 나오는 가게 주인 또한 어떻게 하면 대형마트의 판매 방식과 맞지 않는 사람을 끌어들일 수 있을까 하는 점에서 발상의 전환을 꾀한 것이다.

이러한 발상의 전환은 '장사'뿐만 아니라 '삶'에서도 필요하다. 우리가 눈앞에 닥친 갑작스러운 변화를 보고도 자신의 주장만 고집한다면 결국 철저하게 무너지는 것은 바로 우리 자신이다. 이럴 때는 카멜레온처럼 주위 환경에 적응할 방법을 다각도로 찾아보도록 하자. 그러면 절망 중에서도 무한한 희망이 보일 것이다.

어느 날, 한 친구가 침울한 표정으로 내게 말했다. 최근에 이상할 정도로 잠을 자주 자서 건강검진을 받았는데 과체중 때문에 혈당치가 높고 고혈압에 고지혈증도 있는 데다 지방간에 무호흡증까지 있다는 진단을 받았다는 것이다. 의사는 내 친구에게 이렇게 가다가는 몇 년밖에 살지 못할 것이라고 이야기했다고 한다.

그런데 1년 후에 내가 다시 그 친구를 만났을 때, 그는 몰라볼 정도로 달라져 있었다. 몸도 예전보다 훨씬 날씬해졌고 얼굴색이나 정신 상태도 전보다 훨씬 좋아진 게 아닌가. 나는 정말 깜짝 놀라서 어떻게 된 것인지 연유를 물어보았다.

친구가 털어놓은 이야기는 이러했다.

자신의 건강상태를 알게 된 후 그는 몹시 초조해했다고 한다. "나는 과연 얼마나 더 살 수 있을까?", "아들도 아직 어린데, 만약 내가 죽고 나면 그 애는 어떻게 되나?" 하는 생각이 끊임없이 들었다는 것이다.

그래서 친구는 자기 자신을 단련하기 시작했다. 맛있는 음식을 좋아하던 그가 고기와 생선을 끊었고, 운동을 죽기보다 괴로워했던 그가 매일 집 근처 운동장을 한 시간씩 빠른 걸음으로 걸었다. 이런 생활을 딱 1년간 계속했더니 신체기능이 점점 정상으로 돌아오기 시작했다고 한다.

그는 "처음에 나는 건강검진 결과 때문에 우리 가정이 파탄에 직면했다고 생각했는데 사실은 우리 가정을 구원해 준 거였어"라고 말했다.

내 친구의 이야기에서 가장 중요한 포인트는 무엇일까? 그것은 바로 '변화'다.

살아가다 보면 갑자기 불행이 찾아와 우리를 당황하게 할 때가 많다.
그럴 때 현실을 바꿀 수 없다면 자기 자신을 바꾸어 보라. 그러면 새롭게 시작할 계기를 마련할 수 있다.
그리고 그 계기를 통해 우리는 한층 더 성장할 수 있을 것이다.

12

똑같은 사람이 되지 말자

적이 당신에게 입힐 수 있는 가장 큰 피해는
바로 당신이 적과 똑같은 사람이 되는 것이다.

한 남자가 고승과 함께 몇 년간 수행을 하고 있
었다. 그는 매우 열심히 수행했지만 딱 한 가지만은 도저히 바꿀
수 없었다. 그것은 바로 그의 직설적인 성격이었다. 그는 본래 한
번 폭발하면 아무도 말릴 수 없을 정도로 심한 말을 퍼부어서 자
신도 모르는 사이에 다른 사람에게 상처를 입혔다. 당사자라고 마
음이 편할 리 없으니 결국 다 같이 상처만 받는 셈이었다.

그러던 어느 날, 그는 또 한 친구와 한바탕 설전을 벌였다.

고승은 그 사실을 알고 나서도 그를 책망하지 않고 이렇게 물었다. "만약 누군가 말로 너에게 상처를 준다면 어떻게 하겠느냐?"

"저는 즉시 말로 반격하겠습니다." 남자가 대답했다.

"만약 누군가 너를 소홀히 한다면 어떻게 하겠느냐?"

"저는 즉시 그와 거리를 두겠습니다."

"만약 누군가 너를 업신여긴다면 어떻게 하겠느냐?"

"그렇다면 저도 그를 무시하겠습니다."

스승은 껄껄 웃으며 말했다. "그렇다면 너는 네가 싫어하는 사람들과 조금도 다를 바가 없구나."

다년간 수행을 한 친구가 있었다. 그녀는 불경을 외우며 불상에 열심히 절을 했고 크고 작은 법회에도 빠지지 않고 적극적으로 참가했다.

어느 날, 그 친구는 호화로운 레스토랑에 초대를 받았다. 종업원이 내오는 음식은 하나같이 다 진수성찬이었다. 그녀는 흥분한 나머지 음식 사진을 하나하나 찍어서 자랑하듯이 인터넷에 모두 올렸다.

어떤 사람이 그 사진을 보고는 "한 끼 식사에 그렇게 많은 돈을 쓰다니 정말 사치스럽네요. 그 돈으로 차라리 좋은 일을 하는 게 더 낫지 않을까요?"라는 댓글을 남겼다.

아마도 댓글 때문에 내 친구는 기분이 많이 상했나 보다. 그녀는 머리끝까지 화가 나서 직접적으로 대응하는 방법을 선택했다. "내가 먹는 데 돈을 얼마나 쓰든 당신이 무슨 상관이에요?", "그렇다면 당신은 어떤데요? 당신은 얼마나 좋은 일을 하시기에? 당신이 나에 대해 왈가왈부할 자격이 있는 사람이에요?"와 같은 댓글을 남겼다.

게다가 좋지 않은 말로 상대방을 비방하기도 했는데 그것까지 여기에 다 옮기지는 않겠다.

솔직히 나는 친구의 대응에 정말 어처구니가 없었다. 그토록 긴 시간을 들여서 수행했는데도 가장 기본적인 '말의 미덕'도 쌓지 못했다니. 다른 사람의 비아냥거림은 그토록 듣기 싫어하면서 정작 자신의 대응이 상대방보다 더 무례하고 심하다는 생각은 하지 못한 듯싶다.

같은 댓글에도 대응 방식은 여러 가지가 있을 수 있다. 만약 댓글이 눈에 거슬렸다면 그녀는 그것을 무시하거나 아예 삭제해 버리는 방법을 선택할 수도 있었다. 아니면 마음을 좀 진정시킨 다음 "어쩌다 한 번 나 자신에게 사치를 부려본 것뿐이에요"라고 대응했어도 됐다. 혹은 더 현명하게 자신의 행동을 반성해 보았다면 상대방의 말도 안 되는 비방에 일일이 대응할 필요가 없다는 사실을 깨달았을지도 모른다.

이렇듯 우리가 살면서 겪는 불쾌한 일은 그것을 어떻게 받아들이고 대응하느냐에 따라 경중이 결정된다.

다른 사람이 당신에 대해 어떤 말과 행동을 하든 간에 그것이 당신을 규정하는 건 아니다. 당신이 어떤 사람인지 결정하는 것은 바로 당신이 다른 사람에게 어떤 말을 하고 행동하느냐이다.

살아가면서 우리는 마음이 맞지 않는 사람, 싫은 사람, 불쾌한 사람을 만나게 된다.

그러면 우리의 마음속에는 누군가를 정말로 미워하는 마음이 생겨나는데 이는 지극히 정상적인 일이다.

그러나 싫은 사람을 보고 귀에 거슬리는 말을 들었다고 해서 그대로 반격할 필요는 없다. 굳이 그들과 똑같은 행동을 해서 똑같은 사람이 될 필요는 없으니까 말이다.

13

가까운 사이일수록
포용이 필요하다

가족 간의 정이나 사랑, 그리고 우정에는
'포용'이 빠져서는 안 된다.

결혼한 지 꽤 오래된 중년 부부가 있었다. 두 사람은 금슬이 매우 좋아서 줄곧 서로를 뒷받침하며 함께 인생의 길을 걸어왔다.

그러나 남편의 마음속에는 해결되지 않는 의문이 한 가지 있었다. 그것은 바로 아내의 서재에 있는 서랍이었다. 그 서랍은 벌써 몇 년째 잠겨 있어서 남편은 서랍 안에 무엇이 들어 있는지 전혀 알 수가 없었다. 그는 몇 번이고 아내를 은근슬쩍 떠보았지만 아내는 항상 직접적인 대답을 피하기만 했다.

남편은 너무나도 궁금한 나머지 터무니없는 생각을 하기 시작했다. 혹시 아내의 서랍 안에 예전에 사귀던 남자친구의 사진이라도 들어 있는 게 아닐까? 아니면 몰래 비상금을 숨겨 두었나? 혹시 무언가 더 크고 놀랄 만한 비밀이 숨겨져 있는 것은 아닐까?

결국 남편은 더 이상 참지 못하고 서랍을 열어보기로 결심했다. 그는 아내가 외출한 틈을 타서 집안을 샅샅이 뒤져서 아내가 숨겨 놓은 서랍 열쇠를 찾아냈다. 드디어 아내가 몇 년 동안이나 숨겨 온 비밀을 밝힐 순간이 온 것이다. 그는 긴장한 나머지 온몸에 식은땀을 흘리며 부들부들 떨리는 손으로 서랍에 꽂힌 열쇠를 돌렸다.

마침내 서랍 속에 무엇이 들어 있는지 알게 된 순간, 남편은 아연실색하고 말았다. 아내의 서랍 속에는 몇 통의 편지가 들어 있었는데, 겉봉투에는 자신의 필체로 보이는 글씨가 쓰여 있었고, 받는 사람은 바로 자신의 첫사랑 상대였던 것이다. 그 봉투에는 각각 우체국의 '수취인 수신 거부' 도장이 커다랗게 찍혀 있었다.

그 편지들을 보고 남편은 과거의 기억이 전부 되살아났다. 몇십 년 전, 지금의 아내와 결혼한 지 얼마 되지 않을 무렵의 일이었다. 당시 그는 비록 결혼하기는 했지만 도저히 첫사랑을 잊을 수가 없어서 참지 못하고 그 여인에게 편지를 몇 통 보낸 적이 있었다. 그러나 상대는 한 번도 답장을 보내지 않았다. 이제 와서 생각해 보니 첫사랑은 그가 보낸 편지를 읽지도 않고 전부 되돌려 보냈고,

인간의 가치는 얼마나 사랑받았느냐가 아니라
얼마나 주위 사람들에게 사랑을 베풀었느냐에 달려 있다.

- 에픽테토스

아내는 되돌아온 편지를 보고도 혹시 남편이 난처해할까 봐 직접 이야기를 하지 않고 그저 묵묵히 숨겨 왔던 것이다. 아내의 자상함을 깨달은 남편의 눈에는 눈물이 가득 고였다. 그는 서랍을 잠그고 묵묵히 열쇠를 원래 있던 자리에 갖다놓았다. 아내가 집에 돌아왔을 때 그는 아무 일도 없었던 것처럼 행동했지만, 그의 마음속에는 아내에 대한 사랑과 존경심이 이전보다 더 솟아오르고 있었다.

나는 예전에 남편이 방을 나갈 때 전등을 제대로 끄지 않는다고 자주 불평하곤 했다. 제발 전등 좀 끄고 다니라고 수없이 지적했지만 남편은 전혀 말을 듣지 않았다. 내가 그 문제로 얼마나 스트레스를 받았던지 심지어 다른 사람들에게 그의 흉을 보고 다니기까지 했다.

그러던 어느 날, 거실에 아무도 없는 게 분명한데도 거실 전등 두 개가 환하게 켜져 있었다. 나는 화가 나서 식식대며 아래층으로 내려가 거실 전등을 껐다. 기분이 나빠진 나는 속으로 '그 인간이 또 불 끄는 걸 잊어버렸군! 도대체 왜 이렇게 말을 안 듣는 거야' 하고 생각했다.

그러다 갑자기 내가 뭔가 착각을 하고 있다는 생각이 퍼뜩 들었다. 그때 남편은 출장을 가서 지난 이틀간 집에 없었다. 만약 남편이 출장을 가기 전에 불을 끄지 않고 나갔다면 내가 벌써 알아차렸을 것이다. 그러고 보니 몇 시간 전에 거실에 물건을 가지러 갔었는데…… 여기까지 생각을 하고 나서야 거실 전등을 켜 놓은 사람은 남편이 아니라 바로 나라는 사실을 깨달았다.

남편이 출장에서 돌아온 후에 나는 조금 미안한 기분이 들어 남편에게 이야기했다. "앞으로는 당신이 불을 끄지 않는다고 잔소리하지 않을게. 왜냐하면 나도 깜박할 때가 있다는 사실을 알게 됐거든."

그러자 남편은 생각지도 못한 대답을 했다. "난 벌써 알고 있었는데!"

"알고 있었다고?"

"그래. 당신이 나보고 불을 안 껐다고 잔소리한 것 중에 몇 번은 사실 내가 아니라 당신이 끄지 않은 거였어."

나는 깜짝 놀라 눈을 크게 떴다. 도저히 믿을 수가 없었다. "그럼 왜 진작 나한테 말하지 않았어?"

"그때는 당신이 한창 화가 나 있는 상태인데 말해서 뭘 해." 남편은 침착한 표정으로 온화하게 말했다. "어차피 별거 아닌 일이잖아. 굳이 말할 필요 뭐 있어? 괜히 따져봤자 싸움밖에 더 해?"

그 순간 나는 남편을 정말 우러러보지 않을 수 없었다. 역시 우리 남편은 내공이 보통이 아니라는 생각이 들었고 나 자신이 참 부끄러웠다.

이후로 나는 그때의 교훈을 잊지 않기 위해 종종 스스로를 일깨우고 있다.

"별거 아닌 일로 끝없이 잔소리 늘어놓을 필요는 없지. '말을 하지 않는 것'이 사실은 상대방에 대한 최대한의 배려니까."

다른 사람에게 잔소리하기는 쉽다.
그렇지만 우리가 신경을 쓰는 그러한 문제들이 정말 잔소리할 만한 가치가 있는 일일까? 굳이 상대방을 책망함으로써 서로의 좋은 기분을 무너뜨릴 필요가 있을까?
가족 간의 정이나 사랑 그리고 우정에는 '포용'이 빠져서는 안 된다. 그리고 다른 사람을 포용하려면 먼저 '모든 사람에게는 결점이 있다', '누구나 잘못을 저지를 때가 있다'는 사실을 확실하게 인식해야 한다. 이를 깨달으면 사소한 문제를 굳이 크게 확대시킬 필요는 없다는 사실을 깨닫게 될 것이다.

14

. . .

침묵은 또 다른 배려다

때로는 입을 다물고 침묵하는 것은
상대방에게 줄 수 있는
가장 자상한 배려다.

먼 옛날에 우산은 일반 백성이 살 수 없는 아주
귀한 물건이었다.

어느 날, 덕망 높은 선생이 외출을 하려는데 하늘이 갑자기 흐
려지더니 장대비가 쏟아지기 시작했다.

선생이 이러지도 저러지도 못하고 있는데 누군가 다가와서 말
했다. "선생님의 제자가 근처에 살고 있지 않습니까? 그의 집에는
우산이 있다고 하던데 빌려 달라고 청해 보시는 게 어떨지요?" 그

러자 선생은 이렇게 대답했다. "저는 그 제자의 성격을 잘 압니다. 그는 재물에 인색한 편이라 내가 우산을 빌리러 가면 어쩔 수 없이 빌려 주면서도 마음이 편치 않을 겁니다. 반대로 만약 그가 우산을 빌려주지 않는다면 제자가 되어서 선생에게 우산도 빌려주지 않더라는 소문이 퍼져서 그의 명성에 흠집이 생기겠지요. 그러니 굳이 우산을 빌리러 갈 필요가 있겠습니까?"

앞의 이야기는 《공자가어(孔子家語)》에 나오는 일화를 각색한 것이다. 이야기 속의 선생은 바로 공자이고, 제자는 그의 문하생 자하(子夏)다.

또한 공자는 '군자가 다른 사람과 함께 잘 지내려면 다른 사람의 장점을 드러낼 수 있어야 하며, 기회를 틈타 다른 사람의 결점을 폭로하는 일은 삼가야 비로소 그 우정이 오래갈 수 있다'고 이야기했다. 공자의 말로 미루어 보아 그는 정말 자상한 사람이었을 거라고 생각된다.

반면 우리는 실제 생활에서 친구나 가족에게 이러한 자상함을 보이는 경우가 매우 드물다. 특히 부모가 자녀를 대할 때 입장을 바꾸어 생각하지 못하는 경우가 적지 않은 듯하다.

어느 날, 교사로 일하고 있는 친구와 이야기를 나누었는데 그녀는 어떤 학부모가 자꾸 전화를 걸어 자기 아이의 행동을 비판한다고 했다.

나는 그녀의 이야기를 듣고 지레짐작으로 "아, 그 학생이 말썽을 부려서 골치가 아픈 거구나?"라고 물었다.

그런데 친구는 예상 밖의 대답을 했다. "사실 말썽을 부려서 골치를 아프게 하는 건 학생이 아니라 학부모야."

알고 보니 그 학부모는 장난감을 정리하지 않거나 간식을 너무 많이 먹는 것처럼 아주 사소한 일도 시시콜콜 일러바쳐야 속이 시원해지는 유형이었다. 게다가 마치 아이가 대단한 잘못이라도 저지른 것처럼 항상 과장해서 이야기한다는 것이다. 물론 선생님에게 아이의 행동을 알려서 조금이라도 올바른 방향으로 이끌고 싶어 하는 학부모의 마음은 이해할 수 있다. 그렇지만 그 학부모는 자신의 행동이 아이를 난처하게 만드는 것은 물론이고 교사의 일상생활까지 방해하고 있다는 사실을 전혀 깨닫지 못했다.

친구는 그 학생의 상황을 '정신적인 폭력을 당하고 있다'고 묘사했다. 실제로 그 학생은 학부모의 행동에 영향을 받아 항상 주눅이 든 것처럼 보이고 눈에 띄게 자신감이 없어졌다고 한다. 친구는 그러한 학생의 상황을 매우 걱정하고 있었다.

반면 다른 한 친구는 나에게 완전히 상반된 이야기를 해 주었다. 어느 날 오후에 유치원에 다니는 그녀의 아이가 낮잠을 자다가 오줌을 쌌다고 한다. 얼른 뒤처리를 하려 했는데 잠에서 깬 아이가 상황을 깨닫고 큰 소리로 울기 시작했다. 친구는 아이를 혼낼 생각이 전혀 없었다는데 아마 아이가 놀란 모양이었다. 친구가 뒤처리를 다 끝낼 때까지도 아이는 울음을 그치지 않았다.

이에 고민하던 친구는 순간 아이의 울음을 그치게 할 좋은 생각을 떠올렸고 아이에게 말했다. "걱정 마. 이 일은 우리 둘만의 비밀이야. 아빠에게는 절대 이야기하지 않을게." 아이는 그녀의 말을 듣고 울음을 뚝 그쳤다고 한다.

친구는 이 이야기를 들려주면서 "그 순간에 나는 아이에게도 존중받고 싶어 하는 마음과 창피함을 느끼는 마음이 있다는 사실을 깨달았어"라고 말했다. "아이가 일부러 오줌을 싼 것도 아닌데 괜히 여기저기 떠벌리고 다녀서 아이를 창피하게 만들 필요는 없잖아?"

이렇듯 때로는 입을 다물고 침묵하는 것은 상대방에게 줄 수 있는 가장 자상한 배려다. 그리고 현명한 교육 방법의 하나가 될 수도 있다.

사람과 사람이 서로 잘 지내기 위해서는 자상한 침묵이 필요하다. 우리는 자상한 침묵으로 주위 사람이 난처한 상황에 빠지지 않도록 도와줄 수 있다.
침묵을 지키는 것은 쉽지 않다. 이는 큰 소리로 여기저기 이야기하고 다니는 것보다 더 큰 지혜를 필요로 한다.

15

· · ·

인생에서의 시련은
근력 트레이닝과 같다

넓은 마음은 저절로 생겨나는 것이 아니라
단련을 거쳐 만들어지는 것이다.

구름 한 점 없이 맑은 어느 날 이른 아침에 그는 혼자 여행길에 나섰다. 그는 길을 따라 걸어가면서 어린 새가 지저귀는 소리도 듣고 활짝 핀 꽃도 구경했다. 여행은 정말 즐겁고 만족스러웠다.

그런데 갑자기 이상한 일이 일어났다. 맑은 하늘에서 갑자기 어마어마한 폭우가 쏟아지기 시작한 것이다. 미처 피할 새도 없이 아픔이 느껴질 정도로 강한 빗줄기가 쏟아지기 시작했다. 그는 어떻게든 비를 피해 보려고 발걸음을 재촉했지만 순식간에 폭우가 그의 앞에 커다란 물웅덩이를 만들면서 길이 막혀 버렸다. 그가 망설이는 동안 물웅덩이의 수위는 점점 깊어졌고, 갑자기 파도가 밀려와 그만 물속으로 휩쓸려 들어가고 말았다.

그는 요동치는 물결에 휩쓸려 물에 떴다 가라앉았다 하며 떠내려갔다. 이제 꼼짝없이 여기서 죽겠구나 생각하면서 어떻게든지 살아보려고 발버둥 치며 팔을 있는 힘껏 휘두르다 다행히 나뭇가지를 붙잡을 수 있었다. 그 나뭇가지 덕분에 그는 물웅덩이를 빠져나올 수 있었고, 간신히 목숨을 건지게 되었다.

그는 허둥지둥 물속에서 빠져나와 뒤를 돌아보았다. 커다란 물웅덩이는 여전히 그 자리에 있었지만 영문 모를 이상한 비는 이미 그친 상태였다. 다시 맑아진 푸른 하늘은 마치 아무 일도 없었던 듯했다.

고향에 돌아온 후 그는 자기가 경험한 모험담을 친구들에게 들려주었다. 친구들은 모두 그의 이야기를 듣고 깜짝 놀라서 입을 다물지 못했다. 그리하여 그는 위대한 여정을 마치고 돌아온 영웅이 되었다.

사실 앞의 이야기에 나온 '그'는 사람이 아니라 작은 개미 한 마리다. 개미는 마침 어떤 집의 꽃밭을 지나가다가 주인이 꽃밭에 물을 주는 바람에 큰 폭우를 만나게 된 것이었다. 그가 빠졌던 물웅

사람이 역경에 처했을 때는 그를 둘러싼 환경 하나하나가
모두 불리한 것처럼 생각된다.
그러나 사실은 그것들이
몸과 마음의 병을 고칠 수 있는 힘이요 약이 된다.

- 홍자성

덩이는 사실 꽃밭에 물이 조금 고인 것에 지나지 않았다.

사람들의 입장에서 보자면 작은 개미의 '모험담'은 정말 우스울 정도다. 그러나 작은 개미에게는 그야말로 생사의 갈림길을 오간 경험이었을 것이다. 사람과 개미의 차이는 단지 사람에 비해서 개미의 몸집이 아주 작다는 것 정도인데 이렇듯 우리가 보기에는 보잘것없는 일도 작은 개미에게는 천지가 개벽할 큰일이 된다.

그렇다면 우리의 '마음'도 그렇지 않을까? 똑같은 일이라도 사람에 따라 분명히 차이가 있을 것이다. 예를 들어 내향적이고 마음이 좁은 사람이 마음이 넓고 호탕한 사람처럼 받아들이기는 힘들 것이다.

그런데 넓은 마음은 저절로 생겨나는 것이 아니라 단련을 거쳐 만들어지는 것이다. 우리의 인생에 가장 자주 나타나는 단련의 형태는 바로 좌절이다.

나에겐 오래된 친구가 하나 있다. 그는 현재 중국에서 컴퓨터 회사의 고위 간부직을 맡고 있는데, 사업도 순조롭고 가정도 원만해서 마치 세상 모든 것을 다 가진 듯이 보이는 친구다. 그러나 그에게는 다른 사람이 모르는 과거가 있다.

그는 편부모 가정에서 자랐고, 아버지를 자주 만나지 못했다. 그의 아버지는 집에 돌아올 때면 늘 어머니에게 돈을 요구했고, 심지어는 그의 눈앞에서 어머니에게 폭력을 휘둘렀다. 이런 환경에서 자란 그는 평소에 성적이 좋지 않았고, 고등학교 3학년 때는 퇴학을 당하기까지 했다. 이렇듯 그는 공부에는 별로 관심이 없었지만, 대신 컴퓨터에 관심이 많아서 독학으로 컴퓨터를 열심히 익혔다. 그 결과, 어렵사리 작은 회사에 취직하게 되었는데 얼마 지나지 않아 그 회사가 도산하는 바람에 월급을 몇 개월 치나 받지 못하게 되었다. 그리고 그때, 여자 친구가 그를 떠났다.

모든 것이 다 무너졌다고 생각한 그는 혈혈단신으로 타이완을 떠나 중국으로 가서 취직했다. 입사할 당시 그 회사는 소규모 사업체에 불과했지만, 예상외로 점점 규모가 커지기 시작했다. 그는 뛰어난 수완으로 단기간에 평사원에서 책임자로 승진했고, 그 무렵에 현재 그의 아내가 된 사람을 알게 되었다.

최근에 그와 만났을 때 우리는 그의 과거에 대해 이야기를 나누었다. 옛날에 그는 항상 세상을 원망했고, 자기가 이 세상에서 제일 운 나쁜 놈이라고 생각했다고 한다. 그러다 시간이 흐르고 상황이 변하자 과거를 돌이켜보게 되었는데 그제야 견딜 수 없이 힘들었던 자신의 과거가 지금의 성공을 만들었다는 사실을 깨달았다고 했다.

만약 퇴학을 당하지 않았더라면 그는 아마도 자신을 책임지는 법을 배우지 못했을 것이고, 악덕 사장을 만나지 않았더라면 안일하게 작은 회사에 만족해서 굳이 중국으로 건너갈 생각은 하지 못했을 것이다. 만약 여자 친구에게 버림받지 않았더라면 그는 천생연분인 지금의 아내를 만나지 못했을 것이고, 어렸을 때 아버지가 어머니를 때리는 장면을 보지 않았다면 가정의 소중함을 깨닫지 못했을 것이다.

그는 인생에서의 시련은 마치 헬스장의 근력 트레이닝 같다고 이야기했다. "처음에 근력 트레이닝을 시작했을 때는 5킬로그램 정도밖에 들어 올리지 못할 거야. 그런 상황에서 10킬로그램을 들어 올리려고 하면 무리가 되겠지. 그렇지만 트레이닝을 계속해 나간다면 몸에 점점 근육이 붙어서 나중에는 10킬로그램쯤은 문제없이 들 수 있게 될 거야. 이처럼 한 차례씩 난관을 통과해 나가야 20킬로그램, 30킬로그램에도 도전할 수 있게 되는 거야."

이처럼 인생에 시련이 찾아왔을 때, 그것을 피하지 않고 편안한 마음으로 받아들인다면 우리는 더욱 강한 사람이 될 수 있다. 그뿐만 아니라 나중에 또 다른 시련들이 다가왔을 때 더 이상 자신이 시련에 흔들리지 않는다는 사실을 발견하게 될 것이다. 그리고 성숙한 방법으로 용감하게 시련과 좌절을 극복할 수 있을 것이다.

Points to
인생에
맛이 나게 하는 생각
keep in mind

똑같은 일이라도 누군가에게는 가볍게 느껴지고, 누군가에게는 무겁게 느껴진다.
그 차이는 우리의 마음이 얼마나 단련되어 있느냐에 달려 있다. 그러니 일이 순조롭게 진행되지 않는다고 좌절하지 말고 인생 수업을 받을 좋은 기회라고 생각하라.
이를 통해 당신은 한 단계 성장하고 앞으로 나아갈 힘을 얻게 될 것이다.

16
. . .

거리 유지는
때로는 관계의 윤활유가 된다

사람과 사람 사이에는
적당한 거리를 유지하는 것이 중요하다.
두려워할 필요는 없다.
적당한 거리는 오히려 서로의 관계 유지에 도움이 되니까.

짙푸른 하늘이 쾌청한 어느 날이었다. 조용하고
드넓게 펼쳐진 바다는 마치 커다란 거울처럼 푸른 하늘과 흰 구름
을 수면에 비추고 있었다. 이따금 갈매기가 훨훨 날아와 그 그림
같은 풍경을 더욱 돋보이게 만들었다. 누가 보아도 감탄할 수밖에
없는 장관이었다.

바람의 신조차도 이 아름다운 풍경에 매료되어서 넋을 잃고 드
넓은 바다를 바라보았다. 그런데 자세히 살펴보니 완벽하게 고요

한 상태인 것은 아니었다. 수면 위에 아주 작은 파도가 일렁이고 있어서 주름 같은 물결을 만들어 내고 있었던 것이다.

바람의 신은 주름 같은 물결을 보면 볼수록 눈에 거슬리기 시작했다. "그렇다면 내가 바람을 일으켜서 수면 위의 물결을 펴 버리면 되겠군."

바람의 신은 수면 위의 물결을 향해 가볍게 바람을 훅 불었다. 그랬더니 물결은 점점 더 확연하게 일렁였다. 이에 바람의 신은 깊이 숨을 들이쉰 다음 조금 힘을 주어 바람을 불었다. 그러자 작은 물결은 거친 파도로 변했다.

바람의 신은 화가 났다. 그는 있는 힘껏 바람을 계속 불어 댔다. 그러자 바다는 마치 펄펄 끓는 물처럼 사정없이 요동치기 시작했다.

결국 바다의 신이 참다못해 튀어나와 바람의 신에게 말했다. "이봐요. 당신은 '바람이 불지 않는 곳에는 파도도 일지 않는다'는 말도 못 들어 봤어요? 잔잔한 바다의 수면을 즐기고 싶은가요? 그렇다면 가장 좋은 방법은 바로 아무것도 하지 않고 그저 멀리 떨어져서 지켜보는 거예요."

때로는 사람과 사람 사이의 '거리'를 유지하는 게 매우 중요할 때가 있다.

결혼 후, 남편이 점점 냉담해져서 연애할 때의 달콤한 감정을 느끼지 못해 불만스러워하는 아내가 있었다.

그러나 그녀의 남편에게도 할 말은 있었다. "아내는 내가 회의 시간에는 전화를 못 받는다는 걸 뻔히 알면서 별 용건도 없이 하루에도 수십 통씩 전화를 해대요. 무슨 스토커처럼 말이지요. 퇴근 후 이미 피곤해 죽을 지경으로 집에 돌아오면 조용히 뉴스를 보고 싶은데 아내는 옆에 앉아서 별거 아닌 이야기를 쉴 새 없이 떠들어 댑니다. 저는 그저 편안한 시간을 갖고 싶을 뿐인데 그게 그렇게 어려운 부탁인가요?"

내 생각에 이 부부의 관계를 해결하려면 먼저 서로 간의 균형점을 찾아야 할 것 같다. 곁에 있어주기를 원하는 아내의 요구를 만족시키는 동시에 조용한 시간을 원하는 남편의 요구를 만족시켜 줄 수 있는 균형점 말이다. 만약 둘 중 누구도 양보하지 않는다면 두 사람의 관계는 갈수록 악화될 것이다.

많은 사람이 외로움을 두려워해서 혼자 살기를 꺼린다. 그러나 사실 사람과 사람 사이에는 적당한 거리를 유지하는 것이 중요하다. 두려워할 필요는 없다. 적당한 거리는 오히려 서로의 관계 유지에 도움이 된다.

부부 사이에 일정한 거리를 유지하면 서로 좀 더 자유로울 수 있고, 각자 생각할 시간의 여유가 생길 것이다. 또한 자녀와 일정한 거리를 유지하면 자녀가 부모의 관용과 존중을 느낄 수 있을 것이다. 친구와 일정한 거리를 유지하면 비록 자주 함께하지는 못하더라도 갈수록 깊어지는 우정을 느낄 수 있을 것이다. 이들 대신

'거리'라는 이름의 새로운 친구와 잘 지내도록 노력해 보자. 만약 당신이 적당한 거리를 찾아 그 아름다움을 깨닫는다면 당신의 마음은 영원히 외롭지 않을 것이다.

인생에
맛이 나게 하는 생각
Points to
keep in mind

사실 우리는 누구나 다 고독을 두려워하는 존재다.
그렇지만 만약 우리가 거리를 두는 것의 아름다움을 깨닫는다면 사람과 사람 사이의 관계에 있어서 적당한 거리가 오히려 감정을 더욱 돈독하게 해 준다는 사실을 이해하게 될 것이다.

17

아픔을 느끼지 못한다면
어떻게 될까?

'마음이 아프다'는 말의 의미는
우리가 가진 모든 것이 소중하다는 사실을 깨닫고
더욱 좋은 사람이 되기 위해 노력할 거라는 뜻이다.

사계절 중에서 가을을 제일 싫어하는 소년이 있었다. 소년이 이토록 가을을 싫어하는 이유는 매년 가을이 되면 학교에서 예방접종을 했기 때문이다. 소년은 주사 맞는 것이 너무 아프고 싫어서 매번 참지 못하고 큰 소리로 울음을 터뜨렸다. 그러면 다른 학생들은 소년이 우는 모습을 보고 비웃곤 했다.

예방접종을 하루 앞둔 날, 소년은 무릎을 꿇고 기도했다. "하느님! 주사는 왜 그렇게 아픈 걸까요? 아프지 않으면 정말 좋을 텐데 말이에요. 제발 제가 아픔을 느끼지 못하게 해 주세요!"

다음 날 의사 선생님이 소년의 팔에 주삿바늘을 찌르는 순간, 기적이 일어났다. 조금도 아프지 않았던 것이다. 오히려 소년은 웃음을 보일 정도로 여유로웠다. 친구들은 모두 소년이 정말 용감하다고 이야기했다.

소년은 하느님이 아픔을 느끼지 못하게 해 달라는 자신의 기도를 들어주셨다는 사실을 알았다. 피구를 하다가 공에 맞아도, 자전거를 타다가 넘어져도 소년은 아무런 아픔도 느끼지 못했다.

그런데 신이 나서 집으로 돌아가던 중 소년은 잘못해서 구덩이에 곤두박질치고 말았다. 꽤 강하게 부딪쳤지만 아무런 아픔도 느끼지 못했기에 소년은 바지를 툴툴 털고 구덩이에서 기어 나와 집에 돌아갔다. 그러나 소년의 모습을 본 어머니는 너무 놀라서 크게 소리를 지르더니 허둥지둥 구급상자를 가져왔다. "세상에! 도대체 무슨 일이니? 어떻게 넘어졌기에 이 모양이야?" 소년은 고개를 숙였다가 깜짝 놀랐다. 바지가 찢어지고 무릎도 찢어져서 새빨간 피가 뚝뚝 떨어지고 있었던 것이다. 그런데도 소년은 아무런 아픔을 느끼지 못했다.

그날 저녁, 소년은 부모님과 마당에서 고기를 구워 먹으며 즐거운 시간을 보냈다. 소년이 한창 즐거워하고 있는데 갑자기 아버지가 소년을 엎어트리더니 엉덩이를 계속 때리기 시작했다.

"아빠, 갑자기 왜 때리는 거예요?" 소년은 큰 소리로 불만을 터뜨렸다.

"이 바보야!" 아버지가 말했다. "널 때리고 싶어서 때리는 게 아니라 네 몸에 붙은 불을 끄려고 그러는 거야! 바지에 불이 붙었는데도 모른단 말이냐?"

아버지의 말대로 불가에 너무 가까이 있었던 소년의 바지는 구멍이 날 정도로 타 버렸고, 피부도 화상을 입어 빨갛게 벗겨졌다. 하지만 소년은 그렇게 될 때까지 아무것도 느끼지 못하다가 아버지가 지적하고 나서야 발견했다.

그렇게 하루가 지나고 잠자리에 들기 전에 소년은 다시 무릎을 꿇고 기도했다. "하느님, 아픔을 느끼지 못하는 건 정말 무서운 일인 것 같아요. 제발 제가 다시 아픔을 느낄 수 있게 해 주세요."

다음 날 아침, 소년은 눈을 뜨자마자 자신의 뺨을 세게 때렸다. "아야!" 소년은 아파서 눈물이 찔끔 나왔지만 기뻐서 웃음이 나오는 것을 멈출 수 없었다.

세상에는 희귀한 병이 많이 있는데 그중 어떤 병은 '아픔을 느끼지 못하는' 증상이 나타난다고 한다. 예전에 그 병을 앓고 있는 환자의 눈에 세제가 들어간 적이 있는데 아픔을 느낄 수 없어서 세제가 들어간 사실을 알아차리지 못했고 결국 실명에 이르렀다.

이처럼 생리적인 면에서 아픔을 느끼지 못하는 것은 매우 무서운 일인데 이는 심리적인 면에서도 마찬가지다.

위험이 다가왔을 때 도망치려고 생각해서는 안 된다.
그렇게 되면 도리어 위험이 배가 된다.
그러나 결연하게 맞선다면 위험은 반으로 줄어든다.
무슨 일을 만나거든 결국 도망쳐서는 안 된다.

-윈스턴 처칠

마음의 아픔은 받아들이기도 힘들뿐더러 낫게 해 줄 약이나 예방 주사도 없다. 그러나 우리는 마음의 아픔을 느낌으로써 자신이 가진 모든 것이 소중하다는 사실을 깨닫고 더 좋은 사람이 되려고 노력하게 된다.

따라서 마음의 아픔을 느끼지 못한다는 것은 사실 정말 비극적인 일이다.

주위에 여자가 끊이지 않는 바람둥이가 있었다. 그는 만났던 여자들과 미련 없이 시원스럽게 헤어졌고, 이별 후에도 아무런 감정을 느끼지 못했다. 그는 겉으로는 냉소적인 태도를 보이며 인생을 즐기는 듯했지만 그 마음은 너무나도 공허했다. 실제로 그는 나에게 늘 밤놀이와 파티에 빠져 지내다가 사람들이 다 집으로 돌아가 조용해지면 그때가 가장 두렵다고 이야기한 적이 있다. 집에 혼자 돌아올 때마다 이유 없이 마음이 조급해지고 고독감이 밀려온다는 것이었다.

그는 자신이 이렇게 바람둥이가 된 것이 옛사랑 때문이라고 했다. 첫사랑이 프랑스로 유학을 떠나자 힘들게 돈을 벌어서 따라갔는데, 현지에 도착했을 때는 이미 그녀의 마음이 식어 버렸다는 것이다. 그 일 이후로 그는 자신의 마음을 닫아 버렸다. 마음을 닫아 버리면 마음이 아플 일도 없을 거라고 생각했기 때문이다.

하지만 그는 마음 아파할 일이 없어진 대신 삶의 즐거움도 잃어버렸다. 과연 이것이 정말 의미가 있는 일일까?

만약 당신이 마음의 아픔을 느낄 수 있다면 그것은 당신이 살아 있고, 사랑할 수 있다는 증거다. 이 두 가지만으로도 우리는 이미 신에게 가장 좋은 선물을 받은 셈이다. 그렇지 않은가?

마음의 아픔을 느끼지 못한다는 것은 사실 정말 비극적인 일이다.
마음의 문을 닫아 버리면 더 이상 아파할 일은 없어질지 몰라도 사람을 사랑하고 사랑받는 즐거움까지 막아 버리게 된다.
만약 당신이 아직 마음의 아픔을 느낄 수 있다면 당신은 행복한 사람이라고 할 수 있다.

18

우리 삶의 주인은
바로 우리 자신이다

신은 우리에게 인생의 줄거리만 정해줄 뿐,
이야기를 완성하는 것은 바로 우리 자신이다.

어느 날 아침, 한 남자가 허둥대며 급하게 절 안
으로 뛰어들어왔다. 그러고는 수심에 찬 얼굴로 스님에게 말했다.
"스님, 제가 어제 손금을 보러 갔었는데 말입니다, 점쟁이가 말하
길 저의 운명선이 너무 구불구불하기 때문에 앞으로 고생을 많이
할 것 같답니다."

"이런, 그래요?" 스님은 가볍게 대답했다.

"스님, 정말 운명선이라는 게 있는 걸까요?"

"그럼요, 있고말고요! 운명선뿐만 아니라 지혜선, 감정선, 사업선도 있지요!" 스님은 대답했다.

"그럼 저는 어떻게 하면 좋을까요?" 남자는 초조해 죽을 지경이었다.

"당신의 운명선은 어디 있습니까?" 스님이 물었다.

남자는 손을 펴고 그중에 한 손금을 가리키며 말했다. "여기요."

스님은 눈을 가늘게 뜨고 살펴보더니 물었다. "어디요?"

"바로 여기요!" 남자는 자신의 운명선을 그으며 말했다.

"어디요, 도대체 어디요?" 스님이 또 물었다.

"바로 제 손안에 말입니다!"

그렇게 대답한 남자는 갑자기 무언가 깨달은 듯한 표정을 지었다. 스님은 미소를 지으며 남자를 바라보았다.

남자의 대답이야말로 스님이 남자에게 해 주고 싶은 말이었던 것이다. '운명선은 당신의 손안에 있고, 운명도 당신의 손안에 있다'는 사실 말이다.

독자 한 분이 자신의 이야기를 담은 편지를 보내온 적이 있었다. 어린 시절, 그녀의 부모님은 술과 도박을 즐겼는데 술에 취하면 그녀와 여동생을 심하게 때렸다고 했다. 그녀는 지금까지 단 한 번도 가정의 따스함을 느껴본 적이 없었다. 이러한 그림자는 성인이 된 후에도 그녀의 마음속에 도사리고 있어서 그녀는 항상 위축

된 채 어둡게 지내게 되었다. 게다가 부모님의 유전자에 알코올중독 유전자가 들어 있기라도 한 것처럼 그녀 자신도 항상 술에 취한 채 지내는 생활습관이 생겼다. 그녀는 밤마다 잔뜩 취해서 잠들었고, 다음 날 아침에 못 일어나서 자주 지각을 했다. 그러다 결국에는 일자리까지 잃게 되었다.

더욱 안타까운 것은 그녀의 여동생은 같은 환경에서 자랐으면서도 성격이나 생활습관 등이 완전히 반대라는 점이었다. 여동생은 그녀와 대조적으로 활발하고 외향적이었으며 알코올중독 같은 나쁜 습관도 없었다. 그뿐만 아니라 일이나 연애도 전부 순조로웠다. 이에 자신도 모르는 사이에 질투심을 느낀 그녀는 결국 자신의 여동생을 미워하기 시작했고, 점점 자매 관계가 소원해졌다.

괴로워하던 그녀는 결국 술을 끊겠다는 굳은 결심을 하게 된다. 마치 벼랑 끝까지 달려간 자동차가 아슬아슬한 순간에 브레이크를 밟은 것이나 마찬가지인 상황이었다. 그녀는 술을 끊기 위해 병원에 다녔고, 새로운 직업을 찾았으며, 여동생과 원만한 관계를 회복했다. 최근에 그녀는 직업 대학에 시험을 치를 준비를 하고 있다.

그녀는 편지에 다음과 같이 썼다. "저는 드디어 깨달았어요. 더이상 '과거'에 살 게 아니라 '현재'를 살아가야겠다고." 그러면서 만약 내가 원한다면 자신의 이야기를 새로운 책에 써도 좋다고 했다. 물론 나도 그녀가 겪은 일들이 좋은 사례가 될 것이라고 확신했다.

비록 당신의 과거가 비극적이었다 할지라도 미래는 노력을 통해 기쁨이 충만하도록 바꿀 수 있다. 신은 우리에게 인생의 줄거리만 정해 줄 뿐, 이야기를 완성시키는 것은 바로 우리 자신이라는 사실을 잊지 말자.

같은 가정에서 태어난 자녀도 성격이 완전히 다를 수 있다.
분명 앞선 사례에서 가정환경은 두 사람의 성격을 변화시켰고, 그러한 성격은 각자의 운명을 결정지었다.
하지만 사람은 변할 수 있는 존재고 성격 역시 마찬가지다.
자신의 결점을 바꾸고 싶다고 생각해 본 적이 있는가?
그것은 바로 우리 손에 달려 있다.
부정적인 성격을 고치면 운명도 바꿀 수 있다는 사실을 잊지 말자.

19

눈에 보이는 것만이
전부는 아니다

비록 '백문이 불여일견'이라는 말이 있기는 하지만
우리의 눈에 보이는 것이
반드시 진실이라고 단언할 수는 없다.

어느 날, 한 치과 의원 앞에 돌연 호화로운 검은색 세단이 멈춰 섰다. 차에는 남자 한 명과 노부인 한 명이 타고 있었다.

그 남자는 치과 의사에게 어머니의 틀니를 맞추기 위해서 왔다고 말했다.

노부인의 입안을 들여다본 치과 의사는 정말 어이가 없을 지경이었다. 노부인의 치아는 거의 빠진 데다 오랫동안 틀니를 하지 않고 빠진 이를 방치해서 잇몸이 수축되어 있었다. 이런 상태로 그동안 어떻게 식사를 한 거지? 치과 의사는 다시 한 번 두 모자의 모습을 살펴보았다. 남자는 고급 명품 정장을 입고 있었지만, 노부인은 하도 세탁을 많이 해서 색이 바랜 무명옷을 입고 있었다.

의사는 마음속으로 남자를 욕했지만 겉으로 티를 내지는 않았다. 이어서 의사는 노부인에게 다양한 틀니 재료를 소개해 주었다. 그러나 노부인은 의사의 말은 들으려고 하지도 않고 서둘러 말했다. "가장 싼 걸로 해 주세요!"

"그렇지만 가장 저렴한 틀니는 내구성이 좋지 못하고 착용감도 비교적 불편한 편입니다만……."

치과 의사가 채 말을 마치기도 전에 노부인이 말을 자르며 말했다. "됐어요, 됐어요. 가장 싼 거면 돼요." 노부인은 말을 하면서 쭈뼛쭈뼛 아들의 눈치를 보았다. 그러나 노부인의 아들은 아무래도 좋다는 듯 의사와 자기 어머니는 신경도 쓰지 않고 휴대폰으로 인터넷 검색을 하고 있었다. 노부인과 의사의 대화에 끼어들지도 않았고 자기 생각은 어떤지 한마디도 하지 않았다.

두 사람이 떠난 후 치과 의사는 울화통이 터져서 참을 수가 없었다. "무슨 아들이 저 모양이람? 자기는 좋은 옷을 입고 있으면서 어떻게 어머니한테는 그렇게 할 수가 있지? 저런 사람을 아들이라고 믿고 사느니 차라리 얼른 죽어 버리는 게 낫지!" 곁에 있던 간호사도 의사가 남자를 욕하는 말을 들으면서 그 남자가 매우 괘씸

한 불효자라고 생각했다.

그날 저녁 무렵, 아까 왔던 검은 세단이 다시 치과 앞에 나타났다. 그런데 이번에는 남자 혼자였다. 그는 서둘러 치과로 들어오더니 다짜고짜 물었다. "의사 선생님, 아까 어머니가 정하신 틀니는 제작에 들어갔나요? 아직 안 들어갔으면 만들지 말아 주세요."

"돈 몇 푼 들여서 자기 어머니한테 틀니 하나 해 드리는 게 그렇게 아까우십니까?" 의사는 화가 나서 쏘아붙였다.

남자는 순간 어리둥절해하더니 의사에게 말했다. "아닙니다. 제가 그 틀니를 만들지 말아 달라고 부탁드리는 이유는 가장 좋은 틀니로 바꾸고 싶어서 그러는 겁니다."

남자의 이야기를 들은 치과의사는 순간 어리둥절해졌다.

그러자 남자가 웃으며 이렇게 말했다. "제 어머니는 굉장히 근검절약하시는 분입니다. 이가 다 빠졌는데도 틀니를 안 하겠다고 버티시다가 제가 계속 우겨서 억지로 하시게 한 겁니다. 그나마도 제일 싼 게 아니면 안 된다고 몇 번이나 말씀하셨어요. 그래서 아까는 그럴 수밖에 없었습니다. 틀니는 제일 좋은 걸로 바꿔 주세요. 그리고 부탁이니 진짜 가격은 어머니께 비밀로 해 주십시오."

얼마 전에 타이완의 연예계에 사건이 하나 터졌다. 어떤 남자 연예인의 어머니가 나와서 아들이 자기를 부양하지도 않고 관심조차 주지 않는다고 주장한 것이다. 이 어머니는 다양한 프로그램

고정관념에 매달려 있다 보면
그것이 옳다는 사실을 증명할 기회를
자꾸만 스스로 만들어 내게 된다.
그러나 일단 한 번만 그 고정관념에서 벗어나게 되면
계속해서 같은 문제 때문에
같은 교훈을 배울 필요도 없고 인생 자체도 바뀔 것이다.

-앤드루 매튜스

에 출연해서는 자기 아들이 연 수입이 억 단위가 넘는데도 자기는 도시락 하나 살 수 없는 처지라면서 눈물로 하소연했다. 그러나 남자 연예인은 아무런 대응을 하지 않고 한동안 몸을 숨기고 지냈다. 그는 한동안 많은 사람에게 지탄을 받았고, 어떤 저명한 방송인은 그를 '천하에 몹쓸 놈'이라고 비난하기도 했다.

내 친구 중에 마침 그 남자 연예인과 매우 가까운 사이의 친구가 하나 있었다. 그 친구는 나에게 사건의 실제 상황을 이야기해 주었다. 그 남자 연예인의 어머니는 젊었을 때 유흥업소에서 일한 적이 있는 사람이었다. 당시 그녀는 매일같이 술을 마시고 주정을 부리면서 자주 아들을 심하게 때렸다고 한다. 그리고 아들이 아직 어린데도 식구들을 돌보지 않고 집을 나가 버리기까지 했다.

그러다 남자 연예인이 연예계에서 유명해지자 갑자기 그의 앞에 나타났던 것이다. 그는 어머니가 불량한 생활을 해 온 것을 알고 있었지만 자신의 집에서 살게 했다.

그러나 어머니는 옛날과 조금도 달라진 점이 없었다. 그녀는 매일같이 집에서 술을 마시고 곤드레만드레 취해 있거나 걸핏하면 별별 친구들을 집으로 불러들여 마작판을 벌였다. 그가 아무리 그러지 말라고 설득해도 듣지 않았다. 그러던 어느 날, 어머니가 또 술에 취해서는 아무런 이유 없이 그의 부인과 아이를 때렸다. 그는 더 이상 참을 수가 없어서 어머니와 관계를 끊기로 결정했다는 것이다.

자초지종을 듣고 나서 나는 그 남자 연예인이 사건에 대해 아무런 말도 하지 않은 것은 결코 이를 '묵인'했기 때문이 아니라는 사실을 알게 되었다. 그는 단지 자신의 집안일이 세상에 알려져서 어머니와 자신이 난처한 상황이 되는 것을 원하지 않았던 것이다.

이처럼 어떤 일을 판단할 때는 그저 표면적으로 보이는 것만 고려해서는 안 된다. 비록 '백문이 불여일견'이라는 말이 있기는 하지만 우리의 눈에 보이는 것이 반드시 진실이라고 단언할 수는 없기 때문이다.

Points to keep in mind
인생에 맛이 나게 하는 생각

피라미드는 정면에서 보면 삼각형으로 보이지만 사실 피라미드의 밑바닥은 사각형이다.
피라미드는 어떤 각도에서 보느냐에 따라 모양이 달라진다.
세상일도 피라미드와 마찬가지다.
우리가 직접 보고 들은 것이 반드시 진실이라고는 할 수 없으므로 이성적으로 판단하기 위해 노력해야 한다.

20

생각의 차이가 결과를 결정한다

생각의 척도는
됨됨이뿐 아니라
우리의 행복까지 결정한다.

원숭이 무리에서는 몇 년에 한 번씩 '원숭이 왕 결정전'이 치러진다. 승자는 원숭이 무리의 왕이 되고, 패자는 무리를 떠나야 한다. 원숭이 무리 중 젊은 원숭이 한 마리가 기세등등하게 결정전에 참가했지만 처참하게 패하고 말았다. 그의 온몸은 상처로 가득했다.

하느님은 천국에서 젊은 원숭이의 비참한 모습을 보고는 매우 마음이 아팠다. 그래서 원숭이 앞에 나타나 이렇게 말했다. "네 상처를 치료하고 너를 사람으로 만들어 주마. 너는 더 이상 원숭이 무리에서 고통 받을 필요가 없단다."

젊은 원숭이는 너무나도 기뻤다. 눈 깜짝할 사이에 젊은 원숭이는 체격이 건장하고 용모가 당당한 장년 남자가 되었다.

"애야, 인간이 되고 나서 가장 먼저 하고 싶은 일이 무엇이냐?" 하느님이 자상한 목소리로 물었다. 그러자 원숭이는 "저는 새로운 왕이 된 원숭이를 때려눕힌 다음에 그의 어미 원숭이와 바나나를 한꺼번에 빼앗을 거예요!"라고 대답했다.

내가 이사 간 지역에는 매우 친절한 이웃 아주머니가 있었다. 이사한 지 얼마 안 되어 물정을 잘 모를 때 그녀는 종종 도움이 필요한 것은 없느냐고 물으면서 한번은 나를 자기 모임에 초대해 주었다. 물론 나는 흔쾌히 그 모임에 참석했다.

그러나 모임에서 나는 불쾌한 경험만 잔뜩 하고 돌아와야 했다. 모임이란 게 그저 한 무리의 부인들이 모여서 자기 남편이 돈을 너무 적게 번다고 불평하거나 새로운 차를 샀다고 자랑하거나 누가 명품 가방을 샀다는 등의 이야기를 시샘 가득한 말투로 이야기하는 것이었다. "쳇, 우리는 누구처럼 돈이 많지 않으니 말이지." 그들은 한참 동안 소곤소곤 이야기하더니 내가 아무런 말이 없는 것을 보고 화제를 바꿨다. 그러더니 그중 한 사람이 나에게 물었다. "그쪽은요? 최근에 뭐 사고 싶은 물건은 없어요?"

나는 이리저리 열심히 생각해 보았지만 정말 사고 싶은 물건이 없었다. 부인들은 믿을 수 없다는 표정이었다. 아마도 서로 마음이 맞지 않는다고 생각했는지 그 후로 나는 모임에 초대를 받은 적이 없다. 덕분에 정말 한시름 놓을 수 있었다.

나의 경험이 앞에 나오는 원숭이 이야기와 무슨 연관이 있을까? 두 이야기는 모두 '생각의 척도'에 대해 이야기하고 있다.

우리는 세상을 살면서 희로애락의 감정을 맛본다. 이는 당연한 일이다. 그러나 그 정도에는 차이가 있다. 어떤 사람은 사소한 일에 감정이 폭발하는 반면 어떤 사람은 전혀 다른 반응을 보인다.

물질적인 욕구가 낮은 사람은 가난한 생활을 면하기 어렵겠지만, 평생 돈이 모자란다고 전전긍긍하며 살지는 않을 것이다. 쉽게 질투를 하지 않는 사람은 다른 사람의 성공을 보고 담담하게 축하해 줄 뿐 남의 성공과 자신의 처지를 비교하며 신세 한탄을 하지는 않을 것이다. 작은 것에도 감사할 줄 아는 사람은 친구로부터 배신을 당하거나 가족에게 상처받아도 다른 사람을 저주하거나 불평하며 살지 않을 것이다.

여기까지 읽고 뭔가 깨달은 것이 있는가? 사실 우리가 행복하지 않다고 느끼는 진정한 원인은 어떤 일 자체에 있는 것이 아니라 우리의 '생각의 척도'에 달려 있다. 이야기 속의 원숭이처럼 비록 겉모습은 사람이어도 마음속으로 여전히 원숭이 무리에서의 일을 생각하고 있다면 그의 본모습은 여전히 원숭이인 것이다.

사람들은 종종 "생각의 척도가 우리의 사람 됨됨이를 결정한다"
고 말한다. 실제로 생각의 척도는 됨됨이뿐 아니라 우리의 행복까
지 결정한다.

Points to
인생에
맛이나게 하는 생각
keep in mind

우리가 어떻게 생각하느냐에 따라 시야가 더 넓어질 수도
있고, 그렇지 않을 수도 있다. 또한 욕심이 줄어들 수도 있
고, 되레 더 커질 수도 있다.
가령 긍정적으로 생각하면 진심으로 나 자신을 격려하고 동시에 다른
사람을 축복할 수 있을 것이다.
이렇듯 우리는 생각의 변화에 따라 끊임없이 행복이 생겨나는 것을 발
견할 수 있다.

Part 2

시련은 마치
    비터 초콜릿처럼
첫맛은 쓰지만
    끝 맛은
        달콤하다

21

정상에 도달하기 위해서는
오르막길을 올라가야 한다

편해 보이는 길이
행복의 종착점에 이르는 길이라고
할 수는 없다.

안정적인 직장을 그만두고 창업을 하겠다고 결정한 남자가 있었다. 그는 반드시 성공하기 위해 적극적으로 업무와 관련된 일을 배우고 정보를 수집했으며, 매일 12시간 넘게 일하는 등 다른 사람보다 더 열심히 노력했다. 그러나 창업을 한 지 몇 개월이나 지났는데도 그의 사업은 나아질 기색이 보이지 않았다.

그러자 그는 동요하기 시작했다. 일을 하고 있어도 끊임없이 회의가 들었다. 내가 이렇게 열심히 노력하는데 도대체 왜 이 모양일까? 왜 나는 이렇게 항상 자신을 피곤하게 하는 걸까?

그러던 어느 날, 그는 잠이 오지 않아 한참 뒤척이다 깊은 밤이 되어서야 간신히 잠이 들었는데 이상한 꿈을 꾸었다. 꿈속에서 그는 끝이 보이지 않는 긴 길을 걷고 있었다. 걷는 게 어찌나 힘들던지 등이 땀으로 흠뻑 젖었다. 쉬지 않고 걸어온 탓에 두 다리는 부들부들 떨렸고, 발바닥은 참을 수 없이 아팠다.

얼마나 왔을까, 눈앞에 평평한 대지가 펼쳐졌다. 그곳에는 흰 날개를 달고 온몸에서 광채를 뿜어내는 여자가 서 있었다. 남자는 마음속으로 자기가 천사를 보고 있는 것이 분명하다고 생각했다.

완전히 녹초가 되어 버린 남자는 땅에 주저앉아 갑자기 어린아이처럼 큰 소리로 울기 시작했다. 천사는 그의 머리를 쓰다듬어 주면서 부드러운 목소리로 말했다. "당신이 얼마나 힘든지 잘 알아요. 그동안 지치고 힘든 길을 걸어왔지요?"

남자는 말이 제대로 나오지 않아 계속해서 고개만 끄덕였다.

"자! 고개를 돌려서 당신이 걸어온 길을 한번 보세요."

남자는 고개를 돌려 자신이 걸어온 길을 바라보고는 그제야 자신이 지금까지 걸어온 길이 구불구불한 산길이라는 사실을 깨달았다. 다시 한 번 자신이 서 있는 평평한 대지를 살펴보니 이곳이 바로 산의 정상이었다. 심신이 너무 지치고 피곤했던 탓에 전혀 깨닫지 못했던 것이다. 그렇게 산꼭대기에서 웅장하고 아름다운 경관을 바라보고 있으니 마음이 탁 트이는 기분이었다. 그는 한순간

한 번 실패했더라도 중단 없이 나아가기를 계속하는 사람은
자신의 희망을 달성할 수 있다. 한 번에 일이 잘되는 경우는 흔하지 않다.
다만 줄기차게 노력하는 사람에게는
성공이 따르는 법이니 꾸준히 노력하라.

-윌리엄 폭스

에 마음속의 피곤함과 상처를 잊을 수가 있었다.

그러자 천사가 웃으면서 그의 곁으로 다가왔다. "만약 당신이 걷는 길이 너무 힘들다고 생각된다면 그건 당신이 지금 막 인생의 오르막길을 걷고 있기 때문이에요."

남자는 꿈에서 깨어났다. 그 순간에 그는 무엇인가를 분명히 깨달았다.

매년 봄에서 여름에 이르는 기간이 되면 우리 집 정원에는 애벌레가 잔뜩 생겨난다. 비록 생김새는 징그럽지만 조금만 지나면 그 애벌레들은 번데기를 뚫고 나와 아름다운 나비가 된다.

그러나 나풀나풀 춤추며 날아다니는 나비가 되는 과정은 사실 절대 쉽지 않다. 나는 전에 애벌레가 번데기를 뚫고 나오는 광경을 직접 본 적이 있다. 그들은 온몸의 힘을 쥐어짜서 작은 번데기 껍질을 비집고 나왔는데, 그 과정이 어찌나 힘들던지 지켜보는 나조차도 손에 땀을 쥘 정도였다. 간신히 번데기를 뚫고 나와도 아직 날개가 무르고 축축해서 더 기다려야 한다. 날개가 완전히 말라서 튼튼해지면 그제야 날 수 있다.

그러나 모든 애벌레가 이런 행운을 맞이할 수 있는 것은 아니다. 어떤 애벌레는 체력이 받쳐주지 않아서 중간에 포기해 버린다. 그러한 애벌레는 번데기 속에 갇힌 채 새끼 새의 먹이가 되거나 나뭇가지에서 그대로 죽음을 맞이한다.

사실 인생은 나비가 되는 과정과 많이 닮았다. 우리가 힘들고 어려운 시간을 보내는 것이 바로 나비가 번데기를 뚫고 나오는 과정이다. 이러한 과정을 참고 견뎌 낸 사람만이 나비처럼 바람을 타고 훨훨 날 수 있는 것이다. 물론 시련에서 도망쳐 비교적 쉽게 살아가는 방법을 선택할 수도 있다. 그러나 마지막에 가서는 결국 편한 길이 행복의 종착점으로 통하지는 않는다는 사실을 깨닫게 될 것이다.

"한 마지기의 논을 경작한다고 해서 그만큼 수확을 얻는다는 보장은 없다. 그러나 아홉 마지기의 논을 경작하면 반드시 한 마지기만큼의 수확을 얻을 수 있을 것이다"는 말이 있다. 만약 당신이 자신의 이상을 이루는 일이 너무 힘들어서 그만두고 싶다면 그건 축하받을 만한 일이다. 아마도 당신은 현재 인생의 오르막길을 오르고 있는 것일 테니까 말이다.

오르막길을 오르는 것은 매우 힘들고 지치는 일이다.
그러나 이러한 힘든 과정을 이겨내야만 당신은 산의 정상에 도달할 수 있다.
피곤하면 잠깐 쉬되 절대 포기하지는 말자.
왜냐하면 당신은 지금 인생의 오르막길을 오르는 중이니까 말이다.

22

높고 낮음이 어우러져야
인생도 제맛이 난다

인생은 오케스트라와 같다.
저음이 없으면
멋진 음악을 연주할 수 없다.

국제적인 명성을 얻은 지휘자가 있었다. 그는 지금까지 살아오면서 지겨울 정도로 운명의 장난을 겪었다. 그는 내전 중인 나라에서 태어났고, 어릴 적에 빗나간 총탄에 맞아 부상을 입었는데 제대로 치료를 받지 못해서 평생 다리를 절게 되었다. 또 어린 나이에 부모님을 잃고 극도로 환경이 열악한 고아원에 들어갔다.

한번은 기자가 그를 취재하러 왔다가 그의 과거를 듣고 무척 감격해서 물었다. "만약 선생님의 인생이 조금만 덜 힘들었다면 얼마나 좋았을까요?"

지휘자는 이 질문에 대답하지 않고 그저 미소를 지으며 지휘봉을 휘둘렀다. 그러자 오케스트라가 감동적인 음악을 연주하기 시작했다. 음악의 선율은 슬프고 애절한 느낌이 들면서도 우아하고 아름다웠다. 기자는 음악에 완전히 빠져들었다.

이어서 지휘자가 지휘 방법을 바꾸자 음악도 갑자기 확 달라져 버렸다.

지휘자는 기자에게 물었다. "처음 들은 음악과 지금 들은 음악의 차이가 뭔지 아시겠어요?"

"처음에 들은 음악은 매우 완벽했지만 지금 들은 음악은……." 기자는 곰곰이 생각하고는 말했다. "왜 그런지는 모르겠지만 지금 들은 음악은 뭔가 부족한 느낌이 들어요."

"정답이에요." 지휘자는 고개를 끄덕였다. "지금 연주한 곡에는 저음을 내는 악기가 전부 빠져 있어요. 고음을 내는 피아노나 바이올린만 연주를 했지요."

기자는 잘 알겠다는 듯 고개를 끄덕였다.

지휘자는 다시 미소를 지으며 말했다. "저의 인생도 이와 마찬가지입니다. 만약 저음을 내는 부분이 빠져 버리면 어떻게 멋진 음악을 만들 수 있겠습니까!"

우리 아이가 걸음마를 배울 때의 일이다. 아이는 조심스럽게 첫 걸음을 뗐다가 곧이어 '쿵' 소리와 함께 넘어지곤 했다. 처음에 아이는 항상 큰 소리로 엉엉 울었다. 아마 육체적인 아픔도 아픔이지만 심리적인 좌절감과 분노 때문에 더 그랬던 건 아니었을까 생각한다.

시간이 흐르자 아이는 점점 많은 것을 배워 갔다. 아이는 어떤 자세로 서서 어떻게 걸음을 옮겨야 넘어지지 않는지 깨달았다. 행여 잘못해서 넘어지더라도 어떻게 반응하면 비교적 덜 아픈지도 깨닫게 되었다. 무엇보다 아이는 넘어졌다고 크게 우는 것은 아무런 도움이 되지 않으며, 다시 일어서면 그만이라는 사실을 배웠다. 그토록 힘들어했던 걸음마가 별거 아닌 일이 된 것이다.

이렇듯 아이에게는 걸음마를 배우며 넘어졌던 경험이 생애 첫 선생님이 되었다. 나는 우리 아이가 그 경험을 잊지 않기를 진심으로 바란다. 앞으로의 인생에서 넘어질 때마다, 아이의 발에 걸리는 돌이, 아이를 다치게 하는 구멍이 전부 가르침을 주는 선생님이 될 것이다. 아이가 살면서 받게 되는 상처는 전부 살아 있는 교훈을 주고 경험을 쌓게 해 줄 것이다.

물론 상처가 나면 분명 아플 테고 때로는 곪을지도 모른다. 이러한 부정적인 일들은 아이를 화나게 하고, 후회하게 하고, 현실을 받아들이기 힘들게 하고, 실망하게 할 것이다. 그렇지만 상처가 다 나은 뒤에는 분명 더욱 강해지고 저항력이 생길 것이라고 믿는다.

우리도 이와 같은 마음가짐으로 인생의 어려움을 받아들이자. 그저 편안한 마음으로 받아들이고 좌절 중에서 무언가를 배우면 된다.

사람을 감동시키는 음악은 곡조에 높낮이가 있기 때문이다. 우리 인생은 오케스트라가 연주하는 음악과 마찬가지다. 저음과 고음이 어우러져야 멋진 음악을 만들어낼 수 있듯이 우리의 인생에도 오케스트라의 저음이나 마찬가지인 슬럼프가 있어야 비로소 멋진 인생을 만들 수 있다. 그러므로 슬럼프를 거부하지 말고 담담하게 받아들이도록 하자. 그러면 우리는 오케스트라의 저음과 마찬가지인 슬럼프가 인생을 더욱 멋지게 만들어 준다는 사실을 발견할 수 있을 것이다.

Points to
인생에
맛이 나게 하는 생각
keep in mind

이 세상에는 정말로 순풍에 돛을 단 것 같이 술술 잘 풀리는 인생이 존재할지도 모른다.
그러나 이러한 인생은 멋지다고 할 수 없다.
높고 낮음의 기복이 있는 인생의 과정이야말로 우리의 인생을 더욱 풍부하게 만들어 준다.

23

'무엇을 할 것인가'보다
'무엇을 했는가'가 더 중요하다

머릿속의 생각보다는
'행동'이 훨씬 중요하다.

국제적인 문학상을 받은 소설가의 좌담회가 열렸다. 좌담회가 끝난 후, 청중들과 자유롭게 질문을 주고받는 시간이 되자 독자들은 매우 적극적으로 참여했다.

그때 갑자기 앳된 청년이 손을 들더니 쭈뼛쭈뼛하며 물었다. "저는 앞으로 작가가 되고 싶은데, 이게 정신 나간 생각일까요?"

작가는 조금도 주저하지 않고 즉시 대답했다. "맞아요, 당신은 정신이 나갔어요."

현장은 잠시 정적과 어색한 분위기가 감돌았다. 질문을 한 청년은 부끄러워서 얼굴이 온통 새빨개졌다.

그러자 작가는 만면에 친절한 웃음을 띠고 이렇게 말했다. "당신은 분명 정신이 나갔어요. 성인이 된다고 해서 그렇게 갑자기 위대해지는 건 아닙니다. 당신이 작가가 되고 싶으면 지금 시작해야죠."

툭하면 담배를 끊겠다고 말하는 한 친구가 있다. 그 친구를 안지 십 년이 넘었지만 담배를 끊겠다는 말은 항상 입에 달고 다녀도 아직 실천에 옮긴 적은 없다. 또 항상 다이어트를 하겠다고 말하는 친구도 있다. 그러나 운동을 하겠다고 DVD를 사면서도 정작 실행에 옮길 때가 되면 "오늘은 너무 피곤하니까 내일부터 해야지"라고 자신에게 변명한다. 물론 그 친구는 아직도 뚱뚱하다.

당신 주변에도 아마 그런 사람이 있을 것이다. 어쩌면 당신이나 내가 바로 그런 사람일지도 모르겠다.

내 친척 중에 자기가 이 세상에서 가장 비참하고 가혹한 운명을 가진 사람이라고 생각하는 이가 있다.

그녀의 말에 의하면 남편이 그녀에게 전혀 관심을 쏟지 않아서 두 사람은 이미 남 같은 사이가 된 지 오래라고 한다. 그런데 누군가 그녀에게 이혼을 하는 게 어떻겠냐고 권유하자 그녀는 이렇게 대답했다. "이혼 절차가 너무 복잡하니까 됐어."

인간이 인간다워질 수 있는 힘은
그 재능이나 이해력에 있는 것이 아니라, 의지력이다.
제아무리 재능과 이해력이 뛰어나고 풍부해도 실천력이 없다면
아무런 효과도 거둘 수 없기 때문이다.
인간의 의지력이 그 운명을 결정한다.

－랠프 월도 에머슨

또 그녀의 말에 의하면, 그녀가 살고 있는 집의 주변 환경이 너무 좋지 않다고 한다. 큰 도로와 바로 맞닿아 있어서 아침부터 늦은 밤까지 소음이 끊이지 않는 데다 엘리베이터도 없는 건물이어서 무릎이 좋지 않은 그녀로서는 계단을 오르내리기가 힘들다는 것이다. 그런데 누군가 그녀에게 이사를 가는 게 어떻겠냐고 제안하자 그녀는 이렇게 대답했다. "어떻게 집을 알아봐야 할지도 잘 모르겠고, 그냥 됐어."

그녀는 아이들이 이제 다 커 버려서 집에 혼자 있는 게 너무 적적하다고 투덜대기도 한다. 누군가 그녀에게 인터넷을 배워 보는 게 어떻겠냐고 제안하자 그녀는 이렇게 대답했다. "컴퓨터는 분명 어려울 거야. 그러니 됐어."

그녀는 항상 자기는 이제 늙어서 아무런 쓸모가 없다고 이야기한다. 누군가 그녀에게 자원봉사활동이라도 해 보면 어떻겠냐고 제안하자 그녀는 이렇게 대답했다. "자원봉사는 너무 고생스럽고 꽤 부담이 될 거야. 그러니 됐어."

연이은 '됐어'라는 대답은 십 년이 넘는 세월 동안 그녀를 제자리걸음만 하게 했다. 그녀의 생활은 아무것도 변하지 않았고, 그녀의 불평도 전혀 달라지지 않았다. 유일하게 변한 것은 바로 그녀 주위의 사람들이었다. 그녀의 불평을 들어주는 사람은 점점 줄어들었다. 그들은 하도 오랫동안 그녀의 불평을 들어서 완전히 질려 버렸고, 그녀를 귀찮게 생각했다.

우리는 누구나 다 '미래'에 대한 소망이 있다. 우리는 이상을 추구하거나 목표를 달성하기를 원하기도 하고, 현재 상황에서 벗어나 더욱 이상적인 삶을 살게 되기를 간절히 바라기도 한다. 비록 목표는 각자 다르지만 '무엇을 할 것인가'보다는 '무엇을 했는가'가 더 중요하다는 원칙은 같다.

Points to
인생에
맛이 나게 하는 생각
keep in mind

큰소리만 칠 뿐 행동을 하지 않으면 목표를 달성하는 날은 결코 오지 않는다.
끊임없이 불평만 하고 무언가를 변화시키려고 하지 않으면 현실은 영원히 변하지 않을 것이다.
머릿속으로 생각하는 것보다는 '행동'하는 것이 훨씬 중요하다.

24

다른 사람에게
당신의 진정한 아름다움을 보여 주자

다른 사람에게
당신의 진정한 아름다움을 보여 주고 싶다면
자주 미소를 짓도록 하라.

자신의 성격이 굉장히 내성적이고 외모도 볼품
없다고 생각해서 열등감을 느끼는 한 소녀가 있었다. 어느덧 학교
에서 졸업 무도회가 열리는 시즌이 되자 소녀는 무척이나 의기소
침해졌다.

소녀는 어머니에게 다음과 같은 불만을 털어놓았다. "왜 내가
그런 무도회에 참석해야 해요? 나한테 춤을 청할 남학생은 한 명
도 없을 거예요. 나 혼자서 구석에 처량하게 앉아 있으면 얼마나

민망하겠어요!"

그러자 어머니는 "참가해 보는 게 뭐 어때서? 혹시 누가 너에게 춤을 청할지도 모르잖니"라며 소녀를 격려했다.

"그건 불가능한 일이에요!" 소녀는 단호하게 대답했다.

"애야, 그럼 엄마랑 내기할래? 나는 너에게 춤을 청하는 사람이 반드시 나타난다는 쪽에 걸겠어." 어머니는 이어서 이렇게 말했다. "대신에 너는 내가 하라는 대로 해야 해. 네가 해야 할 건 세 가지야. 우선 첫째, 무도회에 입을 옷을 사러 갈 것. 이때 절대 네 의견을 내세우지 말고 판매원이 골라 주는 걸로 선택해야 해. 둘째, 머리를 손질하러 갈 것. 이때도 절대 네가 원하는 대로 헤어스타일을 정하지 말고 전부 미용사에게 맡기도록 해. 셋째, 무도회 당일에 네가 먼저 나서서 파트너가 없는 친구 다섯 명에게 칵테일 한 잔씩 따라 줄 것. 단, 칵테일을 따라 줄 때 반드시 미소를 지어야 한다. 알겠니?" 소녀는 반신반의하며 알겠다고 대답했다.

무도회가 끝난 날 밤에 소녀는 흥분해서 집에 돌아왔다. 무도회에서 마치 신데렐라가 된 듯한 기분을 맛보았던 것이다. 소녀의 예상과는 달리 여러 명의 남학생이 춤을 청했으며, 그중에 몇 명은 그녀를 집에까지 데려다 주고 싶어 했다.

"그냥 엄마가 하라는 대로만 했을 뿐인데 모든 게 변했어요. 어떻게 이럴 수가 있죠?" 소녀는 궁금해하며 어머니에게 물었다.

그러자 어머니는 웃으며 대답했다. "애야, 그건 네가 두 가지 중요한 도리를 배웠기 때문이란다. 바로 '고정관념을 탈피하는 것'과 '다른 사람에게 진정한 아름다움을 보여 주는 것'이지."

앞선 이야기에 나오는 어머니는 소녀에게 무도회에 입고 갈 옷과 헤어스타일을 전부 다른 사람에게 맡기라고 당부했다. 소녀가 고정관념에서 탈피할 수 있도록 말이다. 그리고 친구들에게 칵테일을 따라 주라고 했는데, 이는 소녀가 서비스 정신을 발휘하는 동안 다른 사람이 소녀의 진정한 아름다움을 볼 수 있게끔 하기 위해서였다.

이렇듯 '고정관념을 탈피하는 것'과 '다른 사람에게 진정한 아름다움을 보여 주는 것'은 양호한 인간관계를 쌓기 위해 절대 빠트려서는 안 되는 중요한 요소다.

그렇다면 우리가 어떻게 해야 고정관념에서 벗어날 수 있을까? 답은 간단하다. 사사건건 자신의 의견을 고집하지 말고 다른 사람의 목소리를 경청하는 법을 배우면 된다. 옆 사람의 의견이 반드시 맞는다는 보장은 없지만 그렇다고 참고할 가치가 없는 것은 아니다. 그다음으로 고민해야 할 것이 바로 어떻게 해야 우리의 진정한 아름다움을 다른 사람에게 보여 줄 수 있는가이다. 답은 바로 다른 사람을 돕는 것이다. 우리가 기쁜 마음으로 타인을 돕는다면 분명 미소를 짓게 될 테니 자연스레 진정한 아름다움을 보일 수 있을 것이다.

나는 그중에서도 특히 간단하고 쉬운 비결에 대해 이야기하고 싶다. 바로 미소다.

나는 혼자서 나갈 때보다 강아지를 데리고 산책을 나가거나 아이를 데리고 외출을 했을 때 낯선 사람과 이야기를 주고받을 확률이 더 높아진다는 사실을 발견했다. 과연 그 이유는 무엇일까? 바로 강아지나 어린아이를 좋아하는 사람은 동물이나 아이를 만났을 때 자연스럽게 미소를 띠게 되기 때문이다. 그렇게 미소를 띤 사람끼리 시선이 마주치면 자연스레 이야기보따리가 열린다. 이것이 바로 미소가 가진 힘이다.

만약 당신이 즐겁지 않은 나날을 보내고 있다고 해서 얼굴까지 찡그리면 자신을 더욱 비참하게 만들 뿐이다. 그러지 말고 미소를 짓도록 노력해 보자. 어쩌면 당신 자신도 놀랄 만한 미소의 매력을 발견하게 될지도 모른다.

Points to
★★★
인생에
맛이 나게 하는 생각
keep in mind

다른 사람의 의견을 더욱 귀 기울여 듣도록 하자. 다른 사람이 하는 말이 백 퍼센트 정확한 것은 아니지만 참고할 가치가 있을지도 모른다.
다른 사람을 위해 봉사하고 자주 미소를 짓도록 하자.
미소는 세계 어디서나 통하는 공통 언어나 마찬가지여서 사람과 사람 사이의 벽을 쉽게 무너뜨리게 한다.

25

당신이 좋아하는 것을 선택하고
당신이 선택한 것을 좋아하도록 하라

모든 일을 뜻대로 이룰 수 없다면
우리는 선택할 것과 포기할 것을
고르는 법을 배워야 한다.

여행을 좋아하는 한 남자가 배산임수 지형에
넓은 포도농장이 있어서 경치가 매우 아름다운 남쪽 지역의 작은
마을을 방문하게 되었다. 마을 사람들도 모두 선량하고 친절해서
정말이지 마음에 쏙 드는 마을이었다.

그가 멀리서 왔다는 사실을 알게 된 마을의 농부 한 사람이 자
기 집에서 잠시 쉬어 가라고 그를 초대했다. 친절한 농부는 직접
기른 포도와 따뜻한 차를 대접했다.

남자는 농부의 집 안을 둘러보다가 적당하게 꾸려진 여행 가방이 구석에 놓여 있는 것을 발견하고는 농부에게 물었다. "어디 멀리 가시나 보지요?"

"아닙니다." 농부는 창밖에 보이는 산을 가리키며 말했다. "저기 있는 산이 보이시죠? 저 산은 사실 화산입니다. 몇 년 만에 한 번씩 폭발하지요. 그래서 우리 마을 사람들은 모두 짐을 미리 꾸려 놓는 습관이 있습니다. 혹시라도 피난하게 될 때를 대비해서 말이지요."

남자는 농부의 말을 듣고 몹시 놀랐다. "화산이 폭발한다고요? 너무 위험하잖아요! 여러분은 왜 계속해서 여기 사시는 겁니까? 얼른 이사 가셔야지요!"

농부는 웃으면서 말했다. "화산은 우리에게 위험을 안겨 주기도 하지만 행복을 가져다주기도 하니까요. 그래서 우리는 절대 화산을 떠날 수 없는 거랍니다."

남자의 얼굴에 도저히 이해할 수 없다는 표정이 떠오르자 농부가 이렇게 말했다. "화산의 지열 덕분에 우리는 일 년 내내 온천수를 이용할 수 있어요. 그리고 화산의 열이 지반 암석에 변화를 일으켜서 금과 다이아몬드를 채굴할 수 있지요."

농부의 얼굴에는 미소가 떠올랐다. "그리고 화산 덕분에 화산재가 풍부하게 나와서 이렇게 맛있는 포도를 재배할 수 있답니다. 한번 드셔 보시겠어요?"

남자는 포도 한 알을 따서 입안에 넣었다. 그 순간 그는 감미로운 포도의 맛뿐만 아니라 행복의 맛을 음미한 듯한 기분이 들었다.

나는 바다와 근접한 교외 지역에 살고 있다. 타이베이에서 차를 타면 왕복으로 대략 3시간 정도 걸리는 거리다. 내가 그렇게 먼 곳에 살고 있다고 말하면 대부분의 사람들은 의아하게 생각하며 그 이유를 묻는다.

사실 이유는 간단하다. 내가 이곳을 좋아하기 때문이다. 나는 어릴 적에 도회지에서 자랐는데 그때부터 이렇게 조용하고 자연과 가까운 곳에서 살고 싶었다. 그래서 고심한 끝에 도시 지역을 떠나기로 결심한 것이다.

하지만 내가 아무리 설명해도 몇몇 사람들은 여전히 이해가 안 되는지 나를 만날 때마다 "왜 그렇게 먼 곳에 살아요?"라고 묻는다. 또 어떤 사람들은 매번 도시 지역으로 이사 오라고 권하는데 그중에는 살 만한 집을 소개해 주겠다며 적극적으로 나서는 이도 있었다. 그럴 때마다 나는 웃을 수도 울 수도 없는 난처한 상황에 빠지곤 한다.

내가 생각하기로 가장 이상적인 집은 양호한 자연환경을 누리는 동시에 생활이 편리한 곳이다. 그러나 안타깝게도 타이베이 시 지역에는 이런 집이 드문 편이며 설령 있다고 해도 서민으로서는 꿈도 못 꿀 만큼 비싼 경우가 많다. 따라서 두 조건을 모두 충족하

행복이란 스스로 만족하는 점에 있다.
남보다 나은 점에서 행복을 구한다면 영원히 행복하지 못할 것이다.
왜냐하면 누구든지 남보다 한두 가지 나은 점은 있지만,
열 가지 전부 남보다 뛰어날 수는 없기 때문이다.
그렇기 때문에 행복이란 남과 비교해서 찾을 것이 아니라,
스스로 만족할 수 있는 것이 중요하다.

－알랭

는 집을 구하는 것은 현실적으로 불가능했다. 결국 나는 '자연환경'과 '생활의 편리함'을 놓고 저울질해 보다가 전자를 선택했다. 대신에 어디를 가든지 시간이 걸리는 불편한 점을 감수하며 살고 있다. 어찌 됐든 내가 선택한 결과니 바꾸고 싶지도 않고 별다른 불만도 없다.

사실 우리의 인생은 집을 선택하는 것과 비슷하다. 반드시 '양자택일'을 해야 하는 상황이 종종 발생한다. 이렇듯 모든 일을 뜻대로 이룰 수 없다면 선택할 것과 포기할 것을 고르는 법을 배워야 한다. 예를 들어, 당신이 사업에서 성공하려면 가족과 함께 보내는 시간을 희생해야 할 것이고, 반대로 가족과 시간을 보내려면 일하는 시간을 줄여야 할 것이다. 만약 당신이 돈을 많이 벌고 싶다면 당신의 건강을 담보로 해야 할 것이고, 반대로 당신이 건강한 몸과 정신을 가지고 싶다면 최대한 시간을 내서 쉬어야 한다. 이렇게 보면 사실 인생은 매우 공평한 것이다.

때로는 우리 스스로 내린 결정에 불만스러워하면서 정작 변화시킬 생각은 하지 않는 최악의 상황에 빠질 수도 있다.

앞의 이야기에 나오는 화산에 대해 한번 생각해 보자. 화산은 인간에게 재난을 가져오지만 행복을 가져다주기도 한다. 만약 당신이 재난과 멀리 떨어지기를 선택했다면 화산을 영원히 떠나는 편이 가장 좋다. 반대로 화산이 가져다주는 혜택을 누리기로 마음먹었다면 매일매일 두려움에 떨며 살아가기보다는 화산의 존재를 흔쾌히 받아들이는 편이 나을 것이다.

세상의 모든 일에는 양면성이 있다. 즐겁게 살아가고 싶다면 당신이 좋아하는 것을 선택하고 당신이 선택한 것을 좋아하도록 하라.

한꺼번에 두 마리 토끼를 다 잡을 수 없다면, 우리는 반드시 어떤 것을 선택하고 어떤 것을 포기할지 고르는 법을 배워야 한다.

결정을 한 후에는 불평하지 말고 자신이 가진 것을 더욱 소중히 여기고 포기한 것은 잊도록 하라.

그러면 분명 행복은 저절로 따라오게 될 것이다.

26

남이 내 행복을 가져다주지 않는다

다른 사람이 갖고 있다고 해서
나에게도 꼭 필요한 것은 아니다.

주말 밤, 사람들로 붐비는 화려한 거리에 갑자기 선글라스를 낀 남자가 나타났다. 보디가드에 에워싸인 그의 뒤에는 몇 대의 카메라가 뒤따르고 있었다.

이 광경을 본 사람들은 하나같이 휴대폰을 들고 몰려들어 남자의 사진을 찍기 시작했다. 그중에는 그에게 사인을 요구하거나 함께 사진을 찍자고 청하는 사람도 있었다. 옆에 있던 기자는 재빨리 사람들에게 인터뷰를 시도했다. "당신은 그가 누군지 알고 있나요?"

"물론 알고말고요! 인터넷에서 그의 노래를 들었는데 정말 멋졌어요!" 어느 젊은 남자가 카메라 렌즈를 향해 엄지손가락을 치켜들며 말했다.

"당신은 그가 누군지 알고 있나요?"

"당연하죠! 그의 최신 출연작인 영화가 상영되고 있는 걸요. 우리는 정말 그를 사랑해요!" 몇 명의 소녀들이 소리를 지르며 대답했다.

"당신은 그가 누군지 알고 있나요?"

"그럼요! 그는…… 그는…… 어쨌든 텔레비전에서 자주 보고 있어요!" 어느 중년 여성이 대답했다.

이렇게 주목받던 남자는 자신을 둘러싼 사람들을 뚫고 인파가 몰려 복잡한 거리를 떠났다. 그러자 그를 쫓아오던 사람들도 하나둘씩 사라졌다. 어느 후미진 지하철역에 다다르자 그는 선글라스를 벗었고 아무 일도 없었다는 듯 지하철역으로 들어갔다. 그의 주위를 호위하고 있던 보디가드, 기자, 촬영기사도 순식간에 뿔뿔이 흩어졌다. 마치 아무 일도 없었던 것처럼 다들 순식간에 사라져 버렸다.

과연 그는 누구였을까? 사실 그는 유명인이 아니라 평범한 대학생이었다. 보디가드, 기자, 촬영기사들 또한 모두 돈을 주고 고용한 임시 연기자였을 뿐이다.

이 터무니없는 이야기는 실화다.

미국의 어느 대학생이 군중심리를 연구하기 위해서 이러한 실험을 진행한 것이다. 그는 스스로 대스타로 위장하고 사람들의 반응을 살폈다. 사실 그는 신곡을 발표하거나, 영화에 출연하거나, 텔레비전에 나온 적이 한 번도 없었다. 이름이 알려지지 않은 보통 사람에 불과했다.

예전에 나는 친구들과 모이는 자리에서 젊은 여성을 만난 적이 있었다. 그녀에게 얼굴이 정말 예쁘다고 칭찬했더니 웃으며 의학의 힘을 빌린 덕택이라고 하는 것이 아닌가.

그녀는 코와 아래턱을 수술하고 보톡스와 히알루론산 주사를 맞았다고 털어놓았다. 이 모든 과정에 다 합해서 천육백만 원 정도의 비용이 들었다고 한다. 그럼에도 그녀는 여기에 만족하지 못하고 앞으로 쌍꺼풀 수술과 치아교정, 지방 흡입술을 추가로 받고 싶다고 했다.

나는 그녀의 이야기를 듣고 조금 놀랐다. 대학을 갓 졸업한 젊은 여성이 어떻게 그 많은 비용을 충당한 것일까? 궁금해진 나는 그녀에게 단도직입적으로 물었다. "성형에 그렇게 많은 돈을 들였으니 경제적으로 좀 부담스럽겠어요?"

그녀는 살짝 눈을 흘기며 말했다. "그럼요. 당연히 부담이 되지요. 한 달에 고작해야 팔십만 원 좀 넘게 버는데요." 그런 다음 그녀는 기쁜 듯한 어조로 이렇게 말했다. "그렇지만 신용카드는 할부가 되잖아요."

아하, 그런 거였구나. 상황을 비로소 이해한 나는 다시 물었다. "당신은 이미 충분히 아름다워요. 더 성형할 필요는 없을 것 같은 데요?"

"그렇지만 제 주위의 친구들은 다들 한단 말이에요." 그녀가 대답했다.

도대체 모두 성형을 하니까 나도 성형을 해야 한다는 발상은 어떻게 생겨난 걸까? 나는 어처구니가 없었지만 굳이 이 말을 입 밖으로 내지는 않았다. 어차피 내가 무슨 말을 하든 간에 그녀는 자기 생각을 바꾸지 않을 것이다. 괜히 나만 잔소리 많은 아줌마로 취급받을 텐데 뭐 하러 자처해서 그런 꼴을 당하겠는가.

이렇듯 무턱대고 다른 사람들을 따라 하는 지금의 풍조는 슬픈 현실이다. 많은 사람이 '남들이 다 하니까 나도 그렇게 해야지'라고 생각하곤 한다. 다들 아이를 학원에 보내니까 나도 보내야 하고, 다들 고급 차를 타니까 나도 타야 하고, 다들 명품 가방을 들고 다니니까 나도 들어야 하고 등등. 많은 사람이 목숨 걸고 남들이 하는 대로 따라 하고, 남들이 사는 대로 따라 사고 싶어 한다. 그러다 나중에는 자기가 도대체 무엇 때문에 그렇게 했는지조차도 잊어버리고 만다.

다른 사람들이 다 한다고 무조건 따라 하며 나쁜 풍조에 휩쓸리기보다는 자신의 생각에 좀 더 관심을 기울이는 편이 훨씬 낫지 않을까? 무턱대고 맹목적으로 유행을 따르기보다는 있는 그대로의 자신을 즐기며 자유롭게 사는 편이 훨씬 낫지 않겠는가? 적어도 나는 그렇게 생각한다.

27

진정한 해탈

진정한 해탈이란 무엇인가?
그것은 바로 자기 자신, 친구, 낯선 사람
심지어는 적에게까지 자비를 베푸는 것이다.

이교도에게 박해를 받은 스님이 있었다. 이교도
들은 스님을 강제로 잡아가서 감금한 다음, 삼시 세끼 상한 음식만
주고 힘든 노동을 시키면서 모질게 구타를 했다.

그러던 어느 날 경찰이 이교도들을 공격해서 스님을 구출해 냈
다. 전에는 항상 원기가 왕성했던 스님은 그 사이에 피골이 상접할
정도로 삐쩍 말랐고 극도로 쇠약해져 있었다. 그 모습을 보고 경찰
마저도 측은한 마음이 들 정도였다.

그러나 기백이 넘치는 스님의 눈빛만은 변함이 없었다.

경찰은 스님을 위로하며 말했다. "스님, 감금당하신 동안 고생이 참 많으셨지요."

"아닙니다. 그다지 고생스럽지 않았습니다." 스님은 여전히 얼굴에 미소를 띠고 있었다.

경찰은 매우 놀라며 다시 물었다. "정말 고생스럽지 않으셨습니까?"

"고생스럽다고 생각하면 정말 고생스럽지요." 스님은 말했다. "그렇지만 저를 학대하는 사람들 때문에 자비심을 잃어서는 안 된다고 자신을 타일렀습니다."

아주 어렸을 때 어머니에게 버림받고 고아원에서 자라난 여자가 있었다. 성인이 되어 독립한 후 그녀가 가장 먼저 한 일은 자기를 낳아준 어머니를 찾는 것이었다. 그녀는 어머니가 분명 피치 못할 사정이 있어서 자신을 버릴 수밖에 없었을 거라고 줄곧 믿고 있었다. 그러나 진실은 무척 실망스러운 것이었다. 그녀의 어머니는 책임감이 없는 몹쓸 사람이었던 것이다. 친딸이 자기를 찾아왔는데도 기뻐하기는커녕 뉘우치는 기색도 없었으며 도리어 딸이 자기한테 달라붙을까 봐 굉장히 두려워했다.

실망스러운 마음을 안고 집에 돌아온 그녀는 이후로 원인을 알 수 없는 두통에 시달리기 시작했다. 용하다는 의사를 여기저기 찾

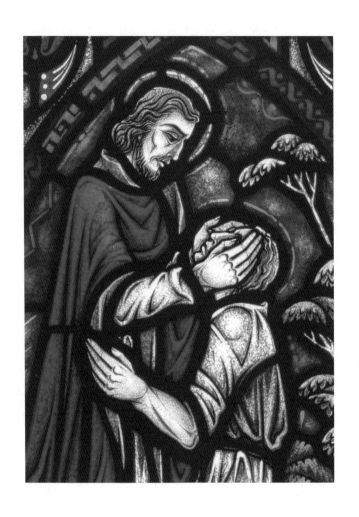

자기에게 이로울 때만
남에게 친절하고 어질게 대하지 말라.
지혜로운 사람은 이해관계를 떠나서
누구에게나 친절하고 어진 마음으로 대한다.
왜냐하면 어진 마음 자체가
나에게 따스한 체온이 되기 때문이다.

－블레즈 파스칼

아다녔지만 두통의 원인을 밝혀낼 수 없었다. 그러던 중 한 의사가 그녀의 두통은 심리적인 초조함 때문에 생긴 생리적 반응인 듯하다고 진단했다.

그런데 몇 년이 흐른 뒤 우리가 다시 만났을 때 그녀는 몰라볼 정도로 얼굴이 환해지고 활기가 넘쳐흘렀다. 마치 다시 태어나기라도 한 것처럼 말이다. 놀라는 내게 그녀는 온화한 미소를 띠고 자기는 더 이상 자신의 인생에 대해 불평하지 않는다고 말했다.

그녀가 이토록 변할 수 있었던 비결은 바로 신앙이었다. 그녀는 신앙을 통해 '자비심'을 배웠다고 했다. 여기서 자비란 자기 자신뿐만 아니라 친구, 낯선 사람, 자신에게 잘못을 한 사람, 심지어는 적에게까지 넓은 마음을 베푸는 것을 말한다.

그렇다면 '낯선 사람'에 대한 자비란 무엇일까? 그녀는 다음과 같은 예를 들었다. 은행에 가서 일을 보는데 서비스 태도가 나쁜 은행원을 만나게 되었다고 하자. 이런 경우, 당연히 화가 나겠지만 일단 참고 상대방의 입장에서 생각해 보는 것이다. 일이 너무 힘든 걸까? 아니면 어제 부인과 말다툼이라도 해서 기분이 좋지 않아 퉁명스러운 태도를 보이는 걸까?

그렇다면 '자신에게 잘못을 한 사람'에 대한 자비란 무엇일까? 그녀는 자기 어머니의 입장에서 생각해 보았다고 했다. "우리 어머니가 나를 버린 이유는 사랑이 뭔지 잘 몰랐기 때문일 거야. 어머니 자신이 사랑을 받아 본 적이 없기 때문에 사랑을 모르는 거겠지."

이렇게 그녀는 '해탈'이 무엇인지 깨닫게 되었다. 이제 그녀는 더 이상 사소한 문제 때문에 자신의 좋은 기분을 망치지 않는다. 그리고 어머니를 용서함으로써 자기 자신까지도 용서할 수 있었다.

여기서 알 수 있듯이 진정한 자비란 마치 거울과도 같다. 당신이 다른 사람에게 자비를 베푸는 것은 사실 자기 자신에게 자비를 베푸는 것과 마찬가지다.

만약 우리가 자기 뜻대로 되지 않는 일이나 사람을 만났을 때 드는 부정적인 기분을 긍정적인 기분으로 바꿀 수 있다면 얼마나 좋을까?

예를 들어, 미움을 용서로 바꾸고, 지나치게 따지는 좁은 마음을 관용으로 바꾸고…… 그렇게 될 수만 있다면 우리는 자비의 혜택을 받는 사람이 다른 누구도 아닌 자기 자신이라는 사실을 발견하게 될 것이다.

28

상대의 입장을 생각하고
선의를 베풀라

생각 없이 베푼 선의는
세상에 아무런 도움이 되지 않을 뿐만 아니라
오히려 해가 될 수 있다.

빈민이 많이 살고 있는 어느 마을이 있었다. 마을의 영주는 그들을 보고 너무 마음이 아파서 대량의 곡식을 구해다가 공짜로 나눠 주었다.

영주는 자신이 '선량한 사람'이라는 칭호를 얻게 될 것이라 생각했다. 물론 빈민들에게는 환영을 받았지만, 뜻밖에도 일반 백성의 원성이 자자했다.

어느 지혜로운 사람이 그 상황을 더 이상 두고 볼 수 없어 결국 영주에게 진언을 고하고자 찾아왔다. "영주님, 당신은 잘못된 행동을 하셨습니다."

영주는 그 말을 받아들이려고 하지 않았다. "왜 그렇소? 나는 선한 마음으로 빈민을 구제하려고 했는데 그게 뭐가 잘못됐다는 거요?"

"당연히 잘못되었지요." 지혜로운 사람은 설명했다. "사람들이 왜 불평을 하는지 아십니까? 지금 곡식 가격이 너무 비싸기 때문입니다. 곡식이 비싼 이유는 뭔지 아십니까? 수요가 많이 늘었기 때문이지요. 그럼 수요는 왜 늘었는지 아십니까? 그것은 바로 영주님 당신께서 빈민에게 나눠 줄 곡식을 끊임없이 사들이는 바람에 공급과 수요의 균형이 깨졌기 때문입니다."

여기까지 듣고 영주는 입을 다물 수밖에 없었다.

지혜로운 사람은 계속해서 다음과 같이 말했다. "영주님의 선의는 소수의 사람들을 행복하게 했지만, 오히려 다수의 사람들의 권리를 침해하고 말았습니다. 그러니 일반 백성이 원망하지 않을 수 있겠습니까?"

선한 마음은 물론 중요하다. 그러나 그전에 한 가지 생각해 볼 문제가 있다. 바로 선한 마음이 도리어 재난을 부를 수 있다는 사실이다.

사실 우리 주위를 둘러보면 이러한 상황을 종종 발견할 수 있다. 예를 들어 많은 종교집단이 방생 법회를 연다. '살아 있는 만물을 가엾게 여긴다'는 그 마음은 정말 훌륭하지만 애석하게도 그들은 종종 민물에서 사는 물고기를 바다에 놓아주고, 평지에 사는 새를 산에 풀어준다. 그러나 근본적으로 동물은 자신과 맞지 않은 환경에서는 살아갈 수 없기 때문에 결국 '방생'은 '방사(放死)'가 되고 만다.

다른 나라에서 들여온 동물을 방생하는 사람들도 있는데 이러한 동물이 나중에는 대량으로 번식해서 생태계의 균형을 심각하게 파괴하는 경우도 있다.

나는 이전에 타이완의 외진 지역에 있는 학교를 방문한 적이 있었다. 그곳의 주임 선생님 말씀으로는 여름방학이 되면 다양한 대학의 동아리 학생들이 벽지로 봉사활동을 온다고 한다. 그러나 대학생들은 자신들의 친목을 다지기 위해 현지의 어린 학생들에게 영어를 가르친다는 명목으로 봉사활동을 오는 것 같다고 했다. "어린아이들은 방학인데도 매일 학교에 나와야 하니 방학숙제를 할 시간도 없습니다. '언니 오빠들한테 다시는 오지 말라고 하면 안 돼요?'라고 묻는 아이가 있을 정돕니다."

주임 선생님은 쓸쓸한 웃음을 지으며 덧붙여 말했다. "물론 그 대학생들도 호의로 와주는 거겠지요. 이래저래 골치를 썩고 있기는 하지만 그렇다고 냉정하게 거절할 수도 없는 노릇이고요."

나는 전에 네팔을 여행하면서 더 황당한 경험을 한 적이 있다.

여행 도중에 들른 산간벽지의 초등학교에 컴퓨터 교실이 따로 있었던 것이다. 교실 앞에 붙어 있는 문패에는 타이완의 어느 기업에서 이 설비를 기증했다는 설명까지 쓰여 있었다.

내가 학교의 선생님에게 자초지종을 물어보자 선생님은 이렇게 대답했다. "이 교실이 지어진 지 벌써 2, 3년이나 되었지만 아직 한 번도 사용해 본 적이 없어요. 이곳에는 전기가 전혀 들어오지 않거든요."

그 말을 듣고 나는 정말 믿을 수가 없었다. 어떻게 거액을 들여 사들인 컴퓨터를 전기조차 들어오지 않는 마을에 기증하는 정신 나간 행동을 할 수 있단 말인가? 그 선생님은 잠시 멈춰서 어깨를 으쓱이며 말했다. "만약에 전기가 들어온다고 해도 사용할 수 없을 거예요. 여기에는 인터넷망이 깔려 있지 않은 데다 컴퓨터를 사용할 수 있는 사람이 마을에 한 명도 없어서 아이들에게 가르쳐 줄 수가 없거든요."

이렇듯 우리는 종종 자신이 선한 마음을 가지고 있다는 것에 스스로 만족한 나머지 정작 중요한 사실을 잊어버린다. 과연 우리가 베푼 친절이 다른 사람에게 정말 필요한 것일까? 오히려 그 선의가 다른 불편을 야기해서 민폐가 되고 있지는 않은가? 이런 것들 말이다.

나는 '지옥으로 가는 길은 종종 선의에서 비롯된다'는 말을 좋아한다. '선의'는 분명 이 세상을 이루는 가장 아름다운 요소이지만, 지혜가 부족한 채로 행하면 세상에 아무런 도움이 되지 않을 뿐만 아니라 오히려 해가 될 수 있다.

좋은 일을 하는 것은 매우 중요하다.

그러나 좋은 일을 할 때는 지혜로워야 한다.

지혜가 부족하면 원래 '좋은 일'이어야 할 것이 '나쁜 일'이 될 수도 있고, 다른 사람을 도와준다고 한 것이 오히려 곤란을 초래할 수도 있다.

다른 사람을 돕고자 하는 사랑의 마음이 이렇게 엉뚱하게 낭비되는 것이 정말 안타깝지 않은가?

29

다른 사람이 뭐라고 하든지
자신의 길을 가라

다른 사람의 말을 두려워할 필요는 없다.
우리가 가장 두려워해야 하는 것은
용기가 없는 우리 자신이다.

어느 절에 주지 스님의 총애를 받는 수도승이
있었다. 질투에 눈이 먼 다른 수도승들은 항상 뒤에서 그에 대한
험담을 하곤 했다. 헛소문은 날이 갈수록 심해졌다. 어떤 사람은
그가 밤에 몰래 술을 마신다고 했고, 또 어떤 이는 그가 절을 나가
기생집에 다니는 것을 보았다고 생생하게 묘사하기도 했다.

이렇게 근거 없는 소문들은 점점 퍼져 나가 결국에는 수도승의
귀에 들어가고 말았다. 아무 이유 없이 중상모략을 당한 수도승은

마음이 매우 언짢았지만 어떻게 해야 이러한 소문에서 벗어날 수 있을지 방법을 찾지 못했다. 고민에 빠진 그는 음식을 넘기지도 못하고, 잠도 자지 못해서 급격하게 여위어 갔다.

이렇게 헛소문 때문에 괴로워하던 수도승은 결국 주지 스님에게 자초지종을 고하러 갔다. 주지 스님만큼은 마음의 응어리를 풀어줄 수 있기를 바랐던 것이다.

주지 스님은 묵묵히 그의 말을 다 듣고도 아무런 말도 하지 않다가 어디선가 도깨비 가면을 가져와서 수도승에게 건네주었다. "이 가면을 네 얼굴에 쓰도록 해라."

수도승은 시키는 대로 했다.

이어서 주지 스님이 물었다. "너는 도깨비냐?"

"아니요. 저는 도깨비가 아닙니다." 수도승이 말했다. "저는 그저 도깨비 가면을 쓰고 있을 뿐입니다."

"허튼소리 작작해라!" 주지 스님은 호통을 쳤다. "지금 네 모습은 아무리 봐도 도깨비랑 똑같은데 어디서 거짓말을 하느냐?"

수도승은 아무런 대답도 하지 못했다.

이어서 주지 스님이 또 물었다. "너는 도깨비냐?"

수도승은 무서워서 벌벌 떨며 대답했다. "예…… 그렇습니다."

"이 어리석은 놈! 세상에 할 짓이 없어서 자기를 도깨비라고 부르다니!" 주지 스님은 벼락같이 화를 내며 지팡이를 휘둘러 수도승의 이마를 때리려고 했다.

세상이란 사람들이 생각하고 있는 것처럼
그렇게 즐거운 것이 아니다.
즐거운 것도 나쁜 것도 오직 자신에게 달려 있다.

- 기 드 모파상

수도승은 깜짝 놀란 나머지 뒷걸음을 쳤고, 그 바람에 가면이 벗겨졌다. 주지 스님은 지팡이를 거두었다. 그러고는 분노의 표정을 거두고는 미소를 지으며 말했다. "다른 사람이 너를 도깨비라고 한다면 너는 도깨비일 수도, 아닐 수도 있다. 다른 사람이 네가 도깨비가 아니라고 하는 경우에도 마찬가지지. 이러나저러나 다 똑같다면 굳이 다른 사람의 말을 신경 쓸 필요가 있겠느냐?"

다른 사람들이 우리를 좋은 사람이라고 이야기한다 해서 우리가 정말로 좋은 사람인 것은 아니다. 반대로 다른 사람이 우리를 나쁜 사람이라고 이야기한다고 해서 우리가 정말로 나쁜 사람인 것도 아니다. 우리가 좋은 사람인지 나쁜 사람인지를 결정하는 것은 다른 사람의 말이 아니라 우리의 마음과 행동이다. 물론 이는 우리가 독단적으로 결정하는 것이 아니고 다른 사람의 의견을 완전히 배제할 수도 없지만 그렇다고 해서 다른 사람의 말, 특히 악의적인 비판을 마음에 둘 필요는 없다.

타이완에 성공한 기업가가 있었다. 그런데 한 주간지에서 그가 학력을 돈을 주고 샀다는 기사를 실었다. 뉴스에서는 이에 대한 의론이 분분했고, 그는 여러 사람에게 비난을 듣게 되었다. 이에 대해 그는 가장 극단적인 대응 방법을 선택했다. 자신의 결백을 주장하기 위해 바다에 몸을 던져 자살한 것이다. 나중에 관련 부서가 조사를 했는데 결국 주간지의 보도가 거짓말이고 기업가가 결백

했다는 사실이 밝혀졌다. 그러나 때가 너무 늦은 후였다.

나는 전에 멋진 글을 읽은 적이 있는데 그 대략적인 내용은 '죽음으로써 결백을 증명하다(以死明志)'라는 말 때문에 예로부터 얼마나 많은 사람이 죽었는지 모른다는 것이었다. 설령 다른 사람에게 중상모략을 당했다 하더라도 죽음을 선택하는 것보다는 문제가 잠잠하게 가라앉는 기회를 기다리는 편이 낫다. 마음만 굳게 먹으면 어떤 중상모략도 두렵지 않을 것이다. 우리가 걷는 인생의 길은 변화무쌍해서 때로는 막다른 골목에 이른 듯싶다가도 모퉁이를 돌면 앞길이 훤히 뚫리는 경우도 있다.

다른 사람의 말을 두려워할 필요는 없다. 우리가 정말 두려워해야 하는 것은 용기가 부족해서 근거 없는 말에 우리의 의지가 꺾이는 것이다. 이러한 상황을 방지하고 싶다면 어떤 일이 닥쳤을 때 조금 냉정하게 생각해 보는 게 어떨까. 단테가 말한 것처럼 다른 사람이 뭐라고 하든지 자신의 길을 가는 것이다.

인생에 맛이 나게 하는 생각 Points to keep in mind

우리는 다른 사람의 입을 마음대로 조종할 수도 없고, 다른 사람의 악의를 멈추게 할 수도 없다.
단, 일관된 태도로 자신의 의지를 지켜나가는 것은 가능하다.
이로써 우리는 터무니없는 뜬소문에서 벗어날 수 있을 것이다.

30

간단한 일을
복잡하게 만들 필요는 없다

간단한 일을 복잡하게 만들 필요는 없다.
만약 복잡한 일이 생긴다면
우리의 지혜를 이용해서 간단한 일로 만들자.

강아지 몇 마리를 기르는 한 여자가 있었다. 그
녀는 강아지들에게 매일 똑같은 양의 음식을 먹였다. 강아지들은
대부분 튼튼하게 잘 자라고 있었는데 유독 한 마리만이 먹이를 먹
어도 살이 찌지 않고 항상 삐쩍 마른 상태였다. 어찌나 말랐는지
갈비뼈까지 드러나 보일 정도였다.

강아지를 사랑하는 주인으로서는 당연히 걱정이 될 수밖에 없
었다. 그 마른 강아지를 데리고 몇 번이나 동물병원을 찾아가서 엑

스레이를 찍고, 초음파 검사를 하고, 피검사를 했는데도 원인을 알아낼 수가 없었다. 그러다가 시내 쪽에 강아지 전용 효소를 전문으로 판매하는 곳이 있다는 소식을 듣고 거금을 주고 사다가 강아지에게 먹였다.

그럼에도 그녀의 강아지는 여전히 삐쩍 마른 상태여서 보는 사람을 걱정시켰다.

어느 날, 한 남자가 그녀의 집을 방문했다가 마른 강아지를 보고 깜짝 놀라서 물었다. "이런, 이 강아지는 왜 이렇게 말랐어요?"

"모르겠어요. 별의별 방법을 다 써 봤지만 살이 찌지 않아요." 여자는 자초지종을 설명했다.

그러자 남자는 믿기 어렵다는 듯 그녀를 바라보며 말했다. "동물병원에 데려가고 효소를 먹여요? 왜 그렇게 귀찮은 일만 골라 하세요? 그냥 먹이를 좀 많이 주면 되잖아요!"

남자의 말 한 마디에 그녀는 정신이 번쩍 들었다. 그렇게 간단한 방법이 있었는데 생각조차 못했다니 정말 믿을 수가 없었다.

그때부터 그녀는 삐쩍 마른 강아지에게 먹이를 더 많이 주기 시작했다. 어느 정도 시간이 흐르자 과연 강아지는 조금씩 살이 오르기 시작했다.

사실, 앞의 이야기 속에 나오는 바보 같은 강아지 주인은 바로 나다. 그 삐쩍 마른 강아지 때문에 내가 얼마나 시간을 들이고 돈을 퍼부었는지 말로 다 할 수 없을 정도다.

그러던 중 집을 수리하기 위해 방문한 기술자 한 분이 어이가 없다는 듯이 이렇게 말한 것이다. "그럼 먹이를 좀 더 많이 주면 되잖아요!"

말 그대로였다. 도대체 나는 왜 먹이를 좀 더 줄 생각을 하지 못했던 것일까? 그 말을 들었을 때 머릿속에 번쩍 하고 불이 켜지는 듯했다.

결과적으로 삐쩍 마른 강아지는 마침내 통통한 강아지가 되었다. 나중에 생각해 보니 그 강아지는 분명 위장의 소화 흡수 능력이 좋지 못했던 듯하다. 그래서 다른 강아지보다 더 많은 사료를 필요로 했던 것이 아닐까?

이렇듯 우리는 인생에서 크고 작은 문제를 만날 때 간단한 문제를 복잡하게 만들어 버리는 잘못을 저지르곤 한다. 쓸데없이 기력만 소모하고 문제도 해결할 수 없는데도 말이다.

한 친구가 남편과 사소한 일로 언쟁을 벌인 적이 있었다. 그저 부부간의 문제에 불과한 것을 그녀는 굳이 친정엄마에게 전화를 걸어 미주알고주알 다 일러바쳤고, 결국에는 어머니까지 부부 싸움에 끌어들였다. 그러자 지기 싫어하는 성격인 그녀의 남편도 이일을 전부 부모님에게 이야기했다. 결국 '두 사람 간의 문제'는 '집안 사이의 문제'가 되어 버렸다. 당장 눈앞에 벌어진 일도 해결하지 못한 채 케케묵은 감정까지 터져 나와 더 큰 싸움이 된 것이다.

이와 비슷한 상황이 또 있었다. 옆 부서의 동료가 점심시간에 개인적인 전화를 하느라 모두의 쉬는 시간을 방해하는 것을 못마땅하게 생각하는 한 직원이 있었다. 그렇다면 직접 상대방에게 말을 하든지 아니면 예의 있게 메모를 남겨 놓았으면 좋았을 것을 그는 굳이 상대방 부서의 책임자를 찾아가 이야기했고, 순간 '선의의 건의'는 '고자질'이 되어 버렸다. 그는 이 일로 동료의 미움을 샀다.

간단한 일을 복잡하게 만들 필요는 없다. 만약 복잡한 일이 생긴다면 우리의 지혜를 이용해서 간단한 일로 만들자.

간단히 처리할 수 있는 문제를 복잡하게 만들 필요는 없다. 간단하게 처리할 수 없는 문제가 있다면 마음을 차분히 가라앉히고 깊이 생각해 보도록 하자.
과연 어떤 것이 가장 효과적이며 동시에 효율적인 방법인지 말이다.

31

모든 것은 자신의 탓이다

다른 사람을 비판하거나 처한 환경에 대해 불평하는 건 쉽지만
그런다고 현재 상황이 바뀌는 않는다.
자기를 반성하고 더 나아가 변화시키기 위해서는
지혜와 용기가 필요하다.

어느 아름다운 소녀가 한 선배를 짝사랑하고 있
었다. 그러나 선배는 그녀의 마음을 받아주지 않았다. 소녀는 부끄
러운 나머지 화가 나서 선배가 자기의 호의를 무시했다며 여기저
기 이야기하고 다녔고, 집에서도 걸핏하면 불평을 늘어놓았다.

어느 날, 소녀는 늘 그렇듯 중얼거리며 불평하기 시작했다. 어
머니는 딸이 불평하는 소리를 듣고 아무 대꾸도 하지 않고 탁자
위에 놓인 귤을 집어 들고는 이렇게 말했다. "귤아, 너는 어쩜 그렇

게 시고 떫으냐. 껍질은 울퉁불퉁 정말 못생겼구나. 정말 나쁜 귤이네!"

소녀는 의아하게 생각하며 어머니를 바라보았다. "엄마, 왜 귤에 대해 안 좋게 이야기하시는 거예요? 어차피 귤을 안 좋아하시잖아요."

그러나 소녀의 어머니는 계속해서 귤의 나쁜 점만 이야기했다.

소녀는 참을 수가 없어서 투덜거렸다. "정말 이상해요. 엄마가 귤을 좋아하지 않는 게 귤의 잘못은 아니잖아요."

어머니는 이때다 싶어 말했다. "네 선배가 너를 좋아하지 않는 게 그 사람 잘못은 아니잖니!"

소녀는 어떤 대꾸도 할 수 없었다.

언젠가 지하철을 탔다가 곁에 있던 모자가 나누는 이야기를 들은 적이 있었다. 이십 대 초반 정도로 보이는 아들이 어머니에게 말했다. "회사 일이 정말 힘들어 죽겠어요. 월급도 너무 적고, 확 그만둬 버리고 싶어요."

어머니가 말했다. "상관없다. 졸업한 지 얼마 되지도 않았으니 천천히 다른 회사를 찾아보렴. 그런데 내가 직장에 막 들어갔을 때도 월급은 아주 적었단다. 다니다 보니 올라간 거지."

"어머니 때랑은 상황이 다르죠!" 아들이 어머니의 말을 자르며 말했다. "지금은 불경기지만 어머니 때는 그렇지는 않았잖아요."

어리석은 자의 특징은
타인의 결점을 드러내고,
자신의 약점은 잊어버리는 것이다.

-마르쿠스 툴리우스 키케로

어머니는 아들을 위로하려고 했지만 아들은 자기 생각만 하는 듯 끊임없이 불평했다. 한편으로는 시대를 탓하고, 한편으로는 정부를 탓했다. 옆에서 듣고 있던 나는 마음속으로 그건 좀 아니라는 생각이 들었다. 저 사람은 시대나 정부 탓은 하면서 왜 자기 탓은 하지 않는 거지?

그러다 보니 옛날 일이 떠올랐다. 전에 직장에 다닐 때 업무 태도가 별로 좋지 않은 편집자가 들어온 적이 있었다. 어느 날 점심시간에 그녀는 평소처럼 점심을 먹고 온다면서 밖에 나갔는데 그 이후로 보이지 않았다. 점심시간이 지난 지 몇 시간이나 되었는데도 그녀는 여전히 회사에 돌아오지 않았고 휴대전화도 연결되지 않았다. 주임님과 동료는 혹시 그녀가 사고라도 당한 게 아닌가 싶어서 몹시 걱정했다. 모두 황급히 그녀가 전에 근무하던 회사와 다니던 학교에 연락해서 가족의 연락처를 알아내려 했지만 결국 실패했다.

그렇게 연결이 되지 않고 있다가 저녁 무렵이 되어서야 겨우 연락이 되었다. 수화기 너머로 들리는 그녀의 목소리는 금방 잠에서 깬 듯했다. 그녀는 아무 일 없었다는 듯이 태평스럽게 이야기했다. "저 오늘 오전까지만 일한 걸로 하고 그만둘게요."

그 순간 우리 사무실은 또 혼란에 빠졌다. 인수인계도 안 된 상태에서 그녀가 갑자기 그만두었으니 어떻게 하지? 그리고 현재 그녀가 맡고 있던 원고는 누가 이어받지?

간신히 일을 끝마치고 집에 돌아온 나는 그녀의 개인 블로그를 찾아보았다. 블로그에는 '드디어 거지같은 직장을 떠났다!'는 말과 함께 주임과 동료에 대한 비판이 줄줄이 쓰여 있었다. 앞에서 이야기했던 청년처럼 그녀도 이 사람 저 사람 탓을 하면서 절대 자기 탓은 하지 않았다.

세상에서 남을 탓하는 것처럼 쉬운 일은 없다. 그저 입만 움직이면 되니까 말이다.

하지만 그것이 무슨 소용이 있을까? 불경기라고 불평을 한다고 해서 경기가 좋아지는 것은 아니며, 회사 다니기가 힘들다고 불평을 늘어놓는다고 일이 수월해지지는 않는다. 마찬가지로 사장이 잔소리가 많다고 불평한다고 해서 하루아침에 사장이 내 마음에 쏙 드는 사람으로 바뀌는 것도 아니다.

스스로 반성하는 데는 용기가 필요하고, 자기 자신을 바꾸려면 행동을 해야 한다. 이렇게 해서 진정으로 바뀐다면 이전의 문제는 별거 아니었다는 사실을 깨닫게 될 것이다.

Points to
★ ★ ★
인생에
맛이 나게 하는 생각
keep in mind

비판하는 것은 쉽다. 그저 입만 움직이면 그만이니까. 그러나 현실을 바꿀 수 있는 것은 비판이 아닌 행동이다. 남을 비판할 시간에 나 자신을 반성하고 분발하면 우리의 삶은 훨씬 순조롭게 흘러갈 것이다.

32
. . .

물고기를 잡으려면
먼저 잠수하는 법을 배워야 한다

이 세상에는 가장 좋은 것이 아니라
더 좋은 것이 있을 뿐이고,
완벽이 아니라 완벽해지기 위한
노력이 존재할 뿐이다.

한 남자가 강가를 거닐다가 어부가 물고기를
잡는 광경을 보게 되었다. 어부의 고기 잡는 기술이 너무 능숙해서
남자는 몹시 부러웠다.

남자는 어부가 쉬는 틈을 타서 이렇게 물었다. "저도 물고기 잡
는 법을 배우고 싶은데, 많이 어려운가요?"

그러자 어부는 질문에 대답은 하지 않고 오히려 남자에게 물었
다. "당신 잠수할 줄 아시오?"

남자는 고개를 저었다. "못합니다."

"그럼 수영은 할 줄 아시오?" 어부가 또 물었다.

"못합니다."

어부는 웃었다. "그럼 물고기 잡는 법을 배울 생각은 하지 않는 게 좋아요."

남자는 어부의 말을 받아들일 수가 없었다. "저는 그저 물고기 잡는 법을 배우고 싶을 뿐인데, 수영이나 잠수가 도대체 무슨 상관입니까?"

"당연히 상관이 있지요!" 어부는 대답했다. "수영을 할 줄 아는 사람은 물이라는 존재를 잊어버릴 수 있기 때문에 아무런 거리낌 없이 물고기를 잡을 수 있소. 수영뿐만 아니라 잠수까지도 할 줄 아는 사람에게는 깊은 물속도 평지나 다름없고 파도도 언덕에 지나지 않소. 덕분에 자유자재로 물고기를 잡을 수 있는 거요."

나는 평소에 쇼핑을 별로 즐기지 않는 편이다. 그래서 꼭 필요한 경우를 제외하고는 새 옷을 사는 일이 좀처럼 없다. 한번은 친구의 결혼식에 초대를 받았는데 마땅한 옷이 없어서 백화점의 매장을 찾게 되었다.

매장의 판매사원은 인사를 하고는 나를 살펴보더니 이렇게 묻는 것이 아닌가. "혹시 황퉁 씨 아니세요?" 나는 깜짝 놀랐다. 이어서 판매사원은 "글 쓰는 일을 하시고 자제분이 한 분 있으시지요?"

라고 물었다.

순간 나는 어떤 반응을 보이면 좋을지 몰라서 그저 힘차게 고개를 끄덕였다. 그러자 판매사원은 "정말 오랜만에 오셨네요"라며 아는 척을 했다.

그녀의 말을 듣고 나서야 나는 예전에 이 매장에서 옷을 구입한 적이 있다는 사실이 생각났다. 옷값을 계산하면서 신용카드를 긁자 내가 마지막으로 이 매장을 방문한 것이 일 년 육 개월 전이었다는 구매기록이 나왔다.

매일 수많은 고객을 접하는 판매사원이 일 년 육 개월 만에 들린 내 얼굴을 기억하고 있다니 정말이지 깜짝 놀라지 않을 수가 없었다. 그뿐만 아니라 그녀는 신기하게도 내 이름과 당시에 나눈 이야기까지 전부 기억하고 있었다. 나는 무척 감탄해서 그녀에게 어쩜 그렇게 기억력이 좋으냐고 물었다.

그러자 판매사원은 이렇게 대답했다. "제 직업인 걸요! 저는 항상 모든 손님을 기억하려고 노력하고 있어요."

판매사원이 손님의 얼굴을 기억하면 손님은 존중받았다고 느끼게 될 것이고, 그 매장을 다시 찾게 될 확률이 자연스레 높아질 것이다. 나는 그녀의 세심한 서비스를 보고 분명 판매 실적이 보통은 아닐 거라고 생각했다. 그녀는 '프로정신'이 무엇인지 확실히 보여주는 사람이었다.

나는 예전에 해외 특급호텔의 프런트 데스크 사원으로 일하는 사람에 대한 이야기가 실린 책을 본 적이 있다. 그의 연봉은 어마어마할 정도로 높았고, 다른 호텔에서도 앞다투어 그를 스카우트하고 싶어 했다. 그가 이토록 유명해질 수 있었던 비결은 도대체 무엇일까? 그는 자신의 성공 비결이 바로 한 권의 노트에 있다고 이야기했다. 그 노트에는 호텔을 방문했던 모든 고객의 이름과 생김새, 성격, 기호 등이 상세하게 적혀 있었다. 덕분에 같은 인물이 다시 한 번 호텔을 방문했을 때 그는 고객에게 완벽한 맞춤 서비스를 제공함으로써 깊은 인상을 남길 수 있었다.

처음의 이야기로 돌아가 보자. 어부는 고기잡이뿐만 아니라 수영과 잠수도 할 줄 알아야 자유자재로 물고기를 잡는 경지에 오를 수 있다고 말했다. 그렇다면 이 세상에 존재하는 다른 직업은 어떨까? 물론 다른 직업도 마찬가지임은 말할 나위도 없다. 요컨대 격렬한 경쟁이 난무하는 직장에서 생존할 수 있는 비결은 바로 '프로정신'이라는 말이다.

Points to
인생에
맛이 나게 하는 생각
keep in mind

모든 일에는 프로정신이 필요하다.
프로정신을 갖추면 업무에 최대한의 능력을 발휘할 수 있어 더욱 자신의 일을 사랑하게 될 것이다. 일을 사랑하게 되면 더욱 잘 해내기 위해 노력하게 될 테니 결국 선순환이 조성된다.

33

선행의 결과는
자신에게로 되돌아온다

작은 선행이 하나하나 모이면
커다란 기쁨이 되어
결국에는 나 자신에게 돌아온다.

독실한 신앙심을 가진 여인이 있었다. 어느 날 그녀는 우편함에서 고급스럽고 우아한 금색의 편지봉투를 발견했다. 봉투를 열어 보니 속에는 짧은 편지가 한 장 들어 있었다. '이틀 후 오후에 당신의 집을 방문하겠소. 예수로부터.'

여인은 분명 누군가의 장난일 거라고 생각하고 그냥 웃어넘겼다. 그러나 이틀날, 우편함에는 어제와 똑같은 편지봉투가 들어 있었다. '내일 오후에 당신의 집을 방문하겠소. 예수로부터'

3일째 되는 날, 날짜만 살짝 바뀐 편지가 도착했다. '오늘 오후에 당신의 집을 방문하겠소. 예수로부터.'

여인은 긴장하기 시작했다. 집에 아무것도 없는데 정말로 예수님이 오시면 무엇을 대접하지? 그녀는 급히 근처 시장에 가서 가장 좋은 햄과 갓 구운 빵을 샀다.

혹시라도 자기가 없는 동안 예수님이 찾아오실까 봐 급한 걸음으로 집에 돌아오는 길이었다.

음침하고 지린내가 진동하는 골목을 지나는 순간, 갑자기 그녀를 부르는 어떤 목소리가 들려왔다. "마음씨 좋은 여인이여, 제게 나누어 주실 음식이 좀 있으신가요? 사흘 동안 아무것도 먹지 못했습니다."

여자가 뒤돌아보니 자신에게 말을 건 사람은 나이 들고 행색이 더러운 거지였다. "죄송하지만 당신에게 음식을 드릴 수가 없어요. 이 음식들을 가져가서 아주 중요한 손님을 대접해야 하거든요." 여자는 말을 마치고 더욱 빠른 발걸음으로 집을 향했다.

그러나 골목을 다 지나가기도 전에 그녀는 마음이 불편함을 느꼈다. 그래서 오던 길을 되돌아가 빵을 거지에게 건네주었다. '집에 아직 빵이 남아 있으니 괜찮겠지. 비록 갓 구워낸 것은 아니지만 말이야.' 그녀는 생각했다.

다시 발걸음을 서두르던 그녀는 몇 걸음 가다 말고 거지에게 돌아와 햄을 건네주었다. '햄 정도는 없어도 예수님은 별로 신경 쓰자기 자신을 희생하는 것처럼 행복한 일은 없다.

- 도스토옙스키

지 않으실 거야.' 그녀는 생각했다.

빵과 햄을 전부 거지에게 주고 집으로 향하던 여인은 결국 가던 길을 돌아와 자기 몸에 걸친 외투까지 벗어서 거지에게 주었다.

집에 돌아오니 이제는 눈에 익숙한 금색 편지봉투가 우편함에 또 있었다. 편지에는 다음과 같이 쓰여 있었다. '나에게 대접해 준 빵과 햄 그리고 따뜻한 외투에 감사하오. 당신은 세 번이나 가던 길을 돌아와 나를 돌보아 주었소. 나는 당신에게 가장 훌륭한 대접을 받았소. 예수로부터.'

얼마 전에 신문에서 암에 걸린 것을 계기로 건강의 중요성을 느끼게 된 남자에 관한 기사를 보았다. 그는 어느 정도 몸이 회복되고 나자 산간벽지의 마을에 구급차를 기증하기 시작했다고 한다.

그는 화롄(花蓮)의 위리(玉里) 지역에 처음으로 구급차를 기증했는데, 공교롭게도 그가 보낸 구급차는 그 지역에 살고 있던 장인의 생명을 구했다. 다음으로 그는 윈린(雲林)의 구컹(古坑) 지역에 구급차를 기증했다. 며칠 뒤 구급차는 그의 사촌 형의 목숨을 구했다. 구조요원들은 기이한 우연이 계속되는 것을 보고 다들 신기하게 생각했다. 그 후에도 남자는 계속해서 구급차를 기증했다. 이렇게 기증한 구급차만 해도 벌써 열여섯 대가 넘는다고 한다.

나는 이렇게 따뜻하면서도 신기한 소식을 정말 좋아한다. 마치 신이 우리에게 '좋은 일을 하면 보답을 받는다'고 이야기하는 것

같지 않은가.

또한 '좋은 일'을 하는 데 반드시 돈이 들어가는 것은 아니다. 지하철에서 임산부에게 자리를 양보하는 것도 좋은 일이고, 길에 넘어진 아이를 일으켜 주는 것도 좋은 일이며, 굶주린 떠돌이 개에게 음식을 주는 것도 좋은 일이다. 바쁜 동료를 도와주는 것, 친구에게 도움을 주는 것도 모두 좋은 일이다.

나는 이렇게 그저 손이 가는 대로 베푼 작은 선행의 가장 큰 수혜자는 다름 아닌 자기 자신이라고 생각한다. 그 작은 선행이 하나하나 모여서 결국에는 커다란 기쁨이 되어 나 자신에게 돌아오게 마련이니 말이다.

34

만족하지 못한다 하더라도
최소한 마음껏 즐기자

문제를 해결하는 방식은
다양하고 변화무쌍하다.

어느 날 아침, 한 부부에게 친척이 보내온 선물
상자가 도착했다. 상자를 열어 보니 그 안에는 커다랗고 먹음직스
런 꽃게 몇 마리가 들어 있었다.

이렇게 크고 품질이 좋은 꽃게는 가격이 무척 비싸서 부부로서
는 절대 사 먹을 수 없는 사치품이었다. 게다가 마침 그날은 두 사
람이 결혼한 지 5주년 되는 기념일이기도 해서 부부는 몹시 기뻐
하면서 저녁에 꽃게 파티를 벌이기로 결정했다.

남편은 회사에서 일을 하면서도 줄곧 꽃게 생각이 머리에서 떠나질 않았다. '크고 신선한 꽃게를 선물로 받다니…… 아, 얼마나 맛있을까! 오늘 저녁에는 신 나게 즐겨야겠다!'

집에 있는 부인은 집안일을 하면서도 콧노래를 흥얼거리며 마음속으로 생각했다. '꽃게를 먹을 기회도 좀처럼 없는데 기왕이면 제대로 된 요리를 해야지. 쪄서 먹을까 얼큰한 찌개를 끓여 먹을까? 좀 남겨 두었다가 탕이라도 끓일까?'

부인은 부푼 마음으로 기대하면서 하루를 보냈다. 어느덧 저녁 무렵이 되었다. 좀 있으면 남편이 돌아올 시간이었다. 그녀는 서둘러 주방으로 들어가 최선을 다해 호화로운 꽃게 요리를 만들었다. 어찌나 요리에 열중했던지 온몸에 땀이 줄줄 흐를 정도였다. 그녀는 꽃게를 조심스레 식탁에 옮기고 로맨틱한 분위기를 내려고 촛불까지 곁들였다. 그러고는 식탁 앞에 앉아서 남편이 돌아오기만을 기다렸다.

시간은 째깍째깍 흘러갔다. 평소라면 벌써 돌아왔을 시간인데도 남편은 아직 돌아오지 않았다. 그때 전화가 울렸다.

남편의 전화였다. "정말 미안해. 꼭 처리해야 하는 문건이 있어서 30분 정도 늦게 돌아갈 것 같아."

"뭐라고? 벌써 요리를 다 했는데 이제야 전화를 하면 어떻게 해? 기껏 요리해 놨는데 당신이 올 때쯤이면 다 식어 버릴 거 아냐." 부인은 화가 나서 말했다.

30분 후에 남편이 돌아왔지만 부인은 화가 난 표정을 하고 있었다. 남편은 그 모습을 보자 화가 치밀었다. "요리가 식으면 식는 거지 뭐 그리 야단이야?"

"뭐가 그리 야단이냐고?" 부인은 도리어 더욱 화를 내며 말했다. "알겠어. 당신은 음식 맛도 모르는 사람이니까 다 식어 빠진 음식을 먹든 쉬어 버린 음식을 먹든 상관없겠네!"

두 사람은 크게 싸우기 시작했고, 싸움은 점점 격렬해졌다. 결국 부인은 화가 머리끝까지 나서는 꽃게 요리를 쓰레기통에 쏟아 버렸다.

부부는 하루 종일 꽃게 생각을 했지만 결국 둘 다 맛도 보지 못한 채 굶주린 배를 움켜쥐고 잠자리에 들었다.

한번 생각해 보자. 만약 앞의 이야기에 나오는 부부가 서로 조금씩 상대방을 이해했더라면 이야기는 어떤 방향으로 전개되었을까?

남편이 부인에게 귀가가 늦어질 거라고 전화했을 때 부인이 화를 내지 않고 온화하게 대답했다면 줄거리는 바뀌었을지도 모른다. "괜찮아. 천천히 와. 당신이 집에 도착했을 때 요리를 한 번 더 데우면 되니까." 그랬다면 두 사람은 아마 다투지 않았을 것이다.

남편이 집에 돌아왔을 때 만약 부인을 안아 주며 "정말 미안해"라고 한 마디라도 하거나 꽃다발을 선사했다면 두 사람은 아마 싸우지 않았을 것이다.

짧은 말 한마디, 사소한 행동만 바뀌었어도 그들은 즐거운 결혼 기념일을 보내며 고대하던 꽃게 요리를 즐길 수 있었을지 모른다.

내가 열몇 살이었을 무렵의 일이다. 한 친구와 영화를 보러 가기로 약속을 했는데 나는 친구와의 만남도 영화도 무척 고대하던 일이라 두근거리는 마음으로 약속 날만을 기다렸다. 그러나 막상 당일이 되자 친구는 갑자기 급한 사정이 생겨서 30분이나 늦게 왔다. 결국 친구가 도착했을 때 영화는 이미 시작된 상태였다.

보고 싶었던 영화를 못 보게 된 나는 기분이 언짢아져서 친구에게 왜 이렇게 늦게 왔느냐고 책망하기 시작했다.

그러자 친구는 사과하고 나서 이렇게 설득했다. "네가 화를 내는 이유는 알겠어. 당연히 화가 나겠지. 그렇지만 한번 생각해 봐. 기껏 짬을 내서 만났는데 화를 내느라 즐겁게 보낼 수 있는 시간까지 망쳐 버릴 필요가 있을까?"

마음을 가라앉히고 생각해 보니 친구의 말이 일리가 있다는 생각이 들었다. 결국 우리는 다른 영화를 보기로 했고 즐거운 하루를 보낼 수 있었다.

비록 오래전에 겪은 일이지만 그때의 교훈은 지금까지도 내 마음속에 남아 있다. 우리는 탄력적으로 생각하며 융통성 있게 살아야 한다. 그렇지 않으면 우리의 기쁨은 마치 힘껏 당겨진 고무줄처럼 조금만 충격을 주어도 '핑' 소리를 내며 끊어지고 말 것이다.

사람과 사람 사이의 다툼은 대부분 불필요한 '고집'에서 생겨난다. 그러나 문제를 해결하는 방식은 다양하고 변화무쌍하다는 사실을 잊지 말아야 한다. 일이 만족스럽지 않은 방향으로 흘러간다고 해도 최소한 우리는 최선을 다해 즐길 수 있지 않은가!

Points to
인생에
맛이 나게 하는 생각
keep in mind

우리의 마음속에 존재하는 고집은 우리를 막다른 골목으로 몰아넣는다.

만약 우리가 무조건 자기 고집만 부린다면 결국에는 살아가는 기쁨을 잊어버리고 말 것이다.

조금만 더 탄력적으로 생각하고 융통성 있게 행동하면 우리의 삶은 한층 즐거워진다.

35

삶은 그림을 그리는 것과 같다

좌절이 있어야
멋진 인생을 그려 낼 수 있다.

어느 유명한 화가가 있었다. 그는 무명시절이
길어서 젊었을 때 무척 고생을 한 사람이었다. 몹시 가난해서 친구
에게 돈을 꾸어야만 간신히 생활이 가능했던 적도 있었고, 삼시 세
끼를 라면으로 때우며 울며 겨자 먹기로 자신의 작품을 헐값에 팔
아 생활비를 마련했던 적도 있었다. 그러나 결국 그는 성공해 아무
도 알아주지 않는 무명의 화가가 아니라 많은 사람이 인정하는 대
단한 예술가가 되었다.

그러자 그는 화실을 열어서 그림에 뜻을 둔 젊은이들에게 그림을 배울 수 있는 기회를 주었다. 많은 학생이 그의 화실에 와서 그림을 그렸고, 끊임없이 아이디어를 창조해 냈다. 그러나 그 학생들은 옛날의 그가 그랬듯이 가난하고 빈곤한 생활에 시달리고 있었다.

어느 날 저녁, 화실에는 화가와 학생 한 명이 남아 있었다. 문득 학생이 화가에게 이렇게 물었다. "선생님, 선생님께서 고생을 많이 하셨다는 사실은 잘 알고 있습니다. 그렇지만 저는 기다리는 과정이 너무 힘듭니다. 선생님은 도대체 어떻게 극복하셨나요?"

화가는 얼굴에 웃음을 띠고 종이와 목탄을 가져오더니 선을 하나 그었다. 그러고는 학생에게 물었다. "내가 무엇을 그렸는지 알겠니?"

학생은 웃으며 대답했다. "선생님, 선을 하나 그으신 것만으로는 무엇인지 알 수 없지요."

화가는 선을 하나 더 그었다. "그렇다면 지금은?"

"아직도 모르겠습니다."

이어서 화가는 계속해서 선을 그렸다. 세 개, 네 개, 다섯 개…….

학생은 문득 깨달았다. "선생님! 알겠습니다. 선생님은 지금 화병을 그리고 계신 거지요?"

"그래, 맞다." 화가는 자상한 말투로 말했다. "네가 살아가면서 겪는 좌절과 실패는 모두 하나의 선이라고 볼 수 있지. 지금은 네

인생이 그대를 위하여 어떤 의미를 가졌는가를 묻는 것은
잘못된 질문이다.
그대가 인생을 위하여 어떤 의미를 창조할 것인가를
인생이 도리어 그대에게 묻고 있다.

-빅토르 프랑클

가 무엇을 그리는지 너 자신도 알 수 없겠지만 그 선들이 하나하
나 모이면 언젠가 아름다운 그림을 완성하게 될 거다."

나는 전에 국문학과 학생들에게 강연해 달라는 요청을 받은 적
이 있었다. 그 강연회에서 나는 "만약 좋은 작가가 되고 싶거나 혹
은 좋은 기자, 편집자, 극작가가 되고 싶다면 글을 많이 읽어서 시
야를 넓히는 것이 좋습니다"라고 조언했다.

그러자 어느 귀여운 학생이 손을 들고 이런 질문을 했다. "저희
교수님도 항상 같은 말씀을 하세요. 그러면서 종종 필독 도서 목록
을 보여 주시는데 대부분 문학가가 쓴 소설이더라고요. 그런 책을
다 보려면 시간이 오래 걸리잖아요. 게다가 저는 이미 몇 권이나
읽었지만 문장 실력은 별로 늘지 않았어요. 그래서 책을 읽는 게
오히려 시간 낭비가 아닐까 하는 생각이 들어요. 독서가 정말 글
쓰는 데 도움이 되나요?"

"만약 학생이 겨우 한두 권 읽고 포기하지 않고 계속 읽는다면
분명 도움이 될 겁니다." 나는 대답했다. "소설에서 배울 수 있는
것은 무수히 많아요. 예를 들어 우아하고 아름다운 문장을 배우고
그 문장이 어떻게 배열되어 있는지 살필 수 있죠. 또 등장인물은
어떻게 만들어지는지, 스토리를 잘 지어내려면 어떻게 해야 하는
지 등도 알 수 있습니다."

사람의 인생은 이렇게 소설을 읽는 것과 많이 닮았다고 생각되

지 않는가? 우리는 인생을 살면서 종종 자신의 힘으로는 어쩔 수 없는 일들을 만나 좌절하기도 하고, 의외의 사건을 겪기도 한다. 이러한 일을 겪으면 혹시 자신이 인생을 낭비하고 있는 것이 아닐까 하고 의문을 느끼기 마련이다. "왜 나는 이런 일을 겪지 않으면 안 되는 걸까?" 이런 경우, 우리는 화가 나서 이렇게 생각하기 쉽다. "에잇, 이런 일들은 나에게 조금도 도움이 안 돼."

아마도 긴 세월이 흐르고 나면 '이 세상에 헛된 고통은 없다'는 사실을 깨닫게 될 것이다. 이렇듯 실패는 우리에게 경험을 통해 교훈을 가르쳐 준다. 비록 지금은 쓸데없는 것처럼 보일지 몰라도 어느새 우리의 일부분이 되어 우리를 더욱 용감하고 강인해지게 만들어 줄 것이다.

요컨대 인생을 산다는 건 그림을 그리는 것과 마찬가지다. 지금 당장은 무엇을 그리고 있는지 알 수 없지만, 그 의미를 알 수 없는 선이 하나하나 모여서 누가 봐도 인정할 만한 멋진 인생이라는 그림을 완성해 가는 것이다.

우리가 겪는 좌절과 실패는 모두 삶이라는 캔버스 위에 하나하나 그려진 선이나 마찬가지다.
처음에는 이러한 선들이 무슨 의미인지 알 수 없지만 시간이 지나면 발견하게 될 것이다.
의미를 알 수 없는 선이 모여서 한 폭의 그림을 만드는 것처럼 우리의 인생도 좌절과 괴로움이 모여 더욱 멋진 인생을 만든다는 사실을 말이다.

36

평가는 그 사람의 생각을
투영한 것이다

우리는 세상을 있는 그대로 받아들이지 못하고
종종 마음속 생각을 투영해서 이해한다.

한 스님이 제자들에게 설법을 하고 있었다.

스님은 상자 하나를 가리키며 말했다. "이 상자 속에는 아주 맛
있는 과자가 들어 있다."

제자들은 알겠다는 듯 고개를 끄덕였다.

스님은 같은 상자를 가리키며 다시 말했다. "이 상자 속에는 썩
은 쓰레기가 들어 있다."

제자들은 그 말을 듣고 스님이 왜 갑자기 말을 바꾸시는지 이해

할 수 없어서 혼란스러워했다.

스님은 제자들의 반응을 무시하고 계속해서 이렇게 말했다. "처음에 나는 너희에게 '이 상자 속에 과자가 들어 있다'고 했다. 만약 그대로 두었으면 너희는 상자를 열어보지 않는 한 계속 그 안에 과자가 들어 있다고 믿었겠지. 실제로는 안에 쓰레기가 들어 있어도 말이다. 자연히 너희는 마음속으로 '저 상자 속에 있는 과자는 얼마나 맛있을까'하고 생각하게 될 거야."

"반대로 내가 너희에게 '이 상자 속에는 썩은 쓰레기가 들어 있다'고 했지만 실제로는 과자가 들어 있다고 치자. 상자를 열어보지 않는 한 너희는 계속 쓰레기가 들어 있다고 믿겠지. 그러니 '상자 속의 쓰레기는 분명 더럽고 냄새가 날 거야. 구더기가 생겼는지도 모르지. 정말 역겨워!'라고 생각할 거야."

제자들은 연이어 고개를 끄덕였다.

"정말 골치 아픈 문제구나! 상자 속에 과연 무엇이 들어 있는지 누가 알아맞혀 보겠느냐?" 스님은 곤란한 표정을 지으며 말했다.

제자들은 서로 쳐다보기만 할 뿐 정답을 아는 사람은 아무도 없었다.

"그럼 열어 보면 되지!" 스님은 크게 소리쳤다.

우리는 어떤 일이나 사람에 대해 좋다고 생각하기도 하고 나쁘다고 생각하기도 한다. 이렇듯 우리는 자신의 생각으로 세상을 판단하는 습관이 배어 있지만 사실 그것이 세상의 전부는 아니다. 그저 우리 마음속 생각을 투영한 일부분일 뿐이다.

앞의 이야기에 나오는 상자를 생각해 보자. 만약 상자 속에 과자가 들어 있다고 생각하면 우리는 먹음직스런 과자 냄새와 형태를 상상하게 된다. 어쩌면 지나치게 몰입한 나머지 군침을 흘릴지도 모른다. 반면 상자 속에 쓰레기가 들어 있다고 생각하면 마치 지독한 냄새를 직접 맡고 부패한 모습을 보기라도 한 양 혐오감이 들고 구역질이 날 것이다.

그러나 어느 쪽이든 한 가지 중요한 사실을 잊고 있다. 실제로 상자 안에 무엇이 들어 있는지 전혀 모르고 있다는 사실이다. 우리가 제대로 알지도 못하는 것을 어떻게 사리에 맞게 판단할 수가 있단 말인가?

오늘날 우리는 표현이 자유로운 시대에 살고 있다. 특히 인터넷의 보급으로 다양한 표현과 의견이 만연하게 되었다. 물론 표현의 자유는 기쁜 일이지만 조심할 필요가 있다. 너무 자유로운 나머지 잘못 사용해서 다른 사람에게 상처를 입히거나 시비의 흑백을 뒤바꿀 수 있기 때문이다.

나는 얼마 전에 놀라운 뉴스를 보았다. 길거리에서 빈랑(檳榔: 나무 열매를 적당하게 손질해서 껌처럼 씹게 만든 것. 각성효과가 있어서 주로 운전을 하는 사람들이 많이 씹음)을 파는 아가씨가 무고한 자신을 폭행해서 상처를 입혔다는 죄로 경찰을 고소했다는 뉴스였다.

순식간에 각종 매체에서 이를 떠들썩하게 보도하기 시작했다. 그들은 하나가 되어 경찰에 비난의 화살을 퍼부었고, 어떤 텔레비전 프로그램에서는 그 아가씨를 직접 출연시키기도 했다. 이에 누리꾼들은 경찰을 비방하는 데 더욱 열을 올렸는데, 그중에는 경찰을 조소하는 자극적인 발언도 많았다.

며칠 후, 경찰은 여론의 압력에 못 이겨 CCTV에 녹화된 자료를 공개했다. 사건의 진상은 다음과 같았다. 경찰이 빈랑을 파는 가게를 단속하면서 조사하고 있는데 경찰을 고소했던 빈랑 파는 아가씨가 비협조적인 태도로 나왔다. 그녀는 경찰에게 입에 담지 못할 심한 욕을 퍼부었고, 먼저 경찰을 때리고 침을 뱉었다.

경찰이 제대로 단속을 진행하지 못하면 어떻게 법을 올바로 집행할 수 있겠는가? 만약 모든 경찰이 사건을 처리하는 과정에서 방해를 받거나 억울하게 고소당한다면 경찰들은 최대한 몸을 사리고 소극적으로 응대할 수밖에 없을 것이다. 그렇게 되면 우리가 살아가는 이 사회가 도대체 어떻게 되겠는가?

CCTV 화면이 공개된 후 사회적으로 들끓었던 여론은 드디어 잠잠해졌다. 빈랑을 팔던 아가씨는 법원의 조사를 받고 난 후 공무집행방해죄로 처벌을 받았다.

그러나 사건의 진상이 명백히 드러났는데도 정작 고소당했던 경찰은 불이익을 받아 이미 다른 곳으로 전출된 상태였다. 반면 빈랑을 팔던 아가씨는 사건 덕분에 유명세를 타게 되어 장사도 더욱 잘되고 나중에는 사진집을 내기도 했다. 참 아이러니한 일이다.

　이에 누리꾼들은 '정의가 사라졌다'며 한탄했다. 그러나 애초에 정의가 사라지게 된 원인은 무엇일까? 확실한 사실이 밝혀지기도 전부터 사람들이 다들 정의의 깃발을 휘두르려고 나섰기 때문이 아닐까?

　상자에 무엇이 들었는지 모르는 상황에서는 섣불리 선입견을 갖지 않는 것이 좋다. 이와 마찬가지로 당신이 어떤 사건의 진상을 확실하게 아는 것이 아니라면 멋대로 왈가왈부해서는 안 된다.

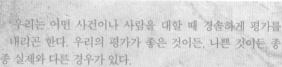

우리는 어떤 사건이나 사람을 대할 때 경솔하게 평가를 내리곤 한다. 우리의 평가가 좋은 것이든, 나쁜 것이든 종종 실제와 다른 경우가 있다.
우리의 평가는 단지 우리의 상상을 투영시킨 것에 지나지 않는다.
다른 사람을 질책하기 전에 좀 더 신중하고, 좀 더 이해하려고 노력해 보는 것이 어떨까.
그렇지 않으면 우리의 '정의'는 사실을 왜곡해서 결국에는 그 의미를 잃어버리게 될 것이다.

37

다른 사람을 보느라
나 자신을 잊지 말자

'비교'를 하다 보면
얻는 것보다 잃는 것이 더 많다.

승마에 관심이 많은 왕자가 있었다. 왕자는 거금을 들여서 전국에서 가장 뛰어난 승마기수를 데려와 자신의 개인 훈련을 담당하게 했다.

다년간의 승마 훈련을 거치면서 왕자의 실력은 일취월장했고 점점 자신감이 붙었다. 그러던 어느 날 왕자는 코치에게 도전장을 내밀었다. "우리 승마 시합을 해 보는 게 어떻겠소?"

코치는 흔쾌히 승낙했다.

시합을 알리는 나팔소리와 함께 왕자는 쏜살같이 달려나갔다. 코치는 한참 뒤처진 곳에서 달리고 있었지만 왕자는 계속해서 흘끔거리며 코치의 모습을 살폈다. 누가 봐도 왕자가 승리한 시합이었고 본인도 그렇게 확신했다. 그런데 얼마 지나지 않아 코치의 말이 왕자를 바싹 추격하더니 금방 앞질러 나가는 게 아닌가. 결국 시합에서 승리한 사람은 코치였다.

왕자는 기분이 몹시 언짢았다. "이치대로 하자면 나는 이미 모든 승마 기술을 다 배웠으니 당신을 이겨야 하는데, 왜 지게 된 거요? 혹시 숨겨 놓은 기술이라도 있는 거 아니오?"

"왕자님께 감히 아룁니다만 저는 이미 모든 기술을 다 가르쳐 드렸습니다. 숨겨 놓은 기술이 하나도 없다고 맹세할 수 있습니다. 지금 왕자님의 승마실력은 확실히 저와 막상막하입니다." 코치는 말했다.

"그렇다면 왜 내가 진 거요?" 왕자는 답답해하며 물었다.

"왕자님과 저의 차이는 기술이 아니라 마음가짐에 있습니다. 왕자님께서 저를 훨씬 앞질러 나가셨을 때는 혹시라도 제게 따라잡힐까 계속 걱정하셨지요. 왕자님이 뒤처지셨을 때는 어떻게 하면 저를 앞지를 수 있을지 계속 생각하셨고요. 그렇게 마음을 딴 곳에 두셨기 때문에 질 수밖에 없었던 것입니다." 코치는 웃으며 말했다. "왕자님은 다른 사람을 보느라고 자기 자신은 잊고 계셨습니다."

"그렇다면 이기기 위해서 나는 무엇을 생각해야 한단 말이오?"
왕자가 물었다.

"아무것도 생각하지 마십시오! 그저 고삐를 단단히 쥐고 앞을
보고 달리시면 됩니다!"

앞의 이야기에 나오는 왕자는 비록 승마 기술은 뛰어났지만 자
신과 남을 비교하는 마음 때문에 결국 시합에서 지고 말았다. 이는
우리의 인생에서도 마찬가지다. '비교'를 하다 보면 얻는 것보다
잃는 것이 더 많다.

서로 사이가 소원해진 모녀가 있었다. 딸은 어머니가 걸핏하면
자기와 남을 비교한다고 털어놓으면서 될 수 있으면 친정에 가는
것을 피한다고 말했다.

일례로 그녀가 어렸을 때 어머니가 옆집 아이가 피아노를 배우
는 것을 보고 억지로 피아노 교실에 보냈다. 하지만 그녀는 음악에
전혀 흥미가 없어서 매일매일 억지로 피아노 연습을 하는 게 너무
힘들었다고 했다. 또 중학교 때는 친구의 아이가 학비가 비싼 사립
학교에 다니는 것을 보고 상의도 없이 억지로 그녀를 전학시키기
도 했다. 그러면서도 자주 보는 친척 앞에서는 "우리 아이는 게으
르고 바보 같아. 누구네 집 아이는 시험만 보면 매번 1등이라는데
말이지"라고 험담하기 일쑤였다.

나중에 그녀가 대학을 졸업하고 직장에 들어가서도 어머니의

당신 자신을 세상의 어떤 사람과도 비교하지 말라.
비록 그가 예수, 석가모니라 할지라도……
왜냐하면 비교를 통해 잃어버리는 것은
당신 자신에 대한 자기애일 뿐이기 때문이다.

- 비마라 타카르

비교하는 습관은 계속되었다. "너는 왜 그렇게 힘든 일을 하니? 누구누구처럼 공무원 시험을 보면 얼마나 좋니?" "너는 왜 그런 사람이랑 사귀니? 누구누구처럼 돈 많은 사람이랑 사귀면 얼마나 좋니?"

마침내 그녀는 결혼을 해서 자신의 가정을 이루게 되었다. 그렇지만 어머니의 잔소리는 그녀를 놓아주지 않았다. "너는 왜 딸 하나만 낳니? 누구누구는 아들을 둘이나 낳았다는데 얼마나 좋니?" "너는 왜 일을 그만두지 않니? 누구누구처럼 너는 집안일만 하고 돈 버는 일은 남편한테 전적으로 맡기면 얼마나 팔자도 편하고 좋니!"

한번은 그녀가 어머니 생일에 어머니를 모시고 고급 레스토랑에 간 적이 있었는데 어머니는 오히려 화를 냈다. "고작 밥 한 끼 사는 걸로 넘어가려고? 누구누구는 자기 어머니한테 몇십만 원이나 용돈을 줬다는데!"

이 이야기를 듣고 나는 실로 느끼는 바가 많았다. 그 어머니는 평생을 비교하며 살아왔지만 그로 인해 얻은 것은 과연 무엇일까? 내 생각에는 아무것도 없는 듯싶다. 오히려 얻기는커녕 모든 것을 잃고 말았다. 자신의 마음을 알아주는 사람을 잃었고, 즐거움과 감사하는 마음을 잃었고, 심지어는 사랑하는 딸도 잃었다.

만약 우리가 살아가면서 끊임없이 비교한다면 앞선 사례의 어머니처럼 역시 힘든 인생을 보낼 수밖에 없을 것이다. 산 넘어 산이라고, 당신이 누군가를 이겼다고 해도 세상 사람 모두를 이길 수는 없다. 우리네 인생은 마치 시합과도 같지만 진짜 경쟁 상대는 다른 사람이 아닌 바로 자기 자신이다.

우리는 종종 다른 사람을 보느라 나 자신을 잊는다.
'비교'에는 아무런 의미가 없다.
무언가를 비교하기 시작하면 우리는 무엇을 얻기는커녕 더 많은 것을 잃게 될 뿐이다.

38

진정한 친구란 무엇일까?

모든 친구가
진정한 친구인 것은 아니다.

마당발 소리를 들을 만큼 많은 친구를 둔 여자
가 있었다. 친구를 사귀는 것은 쉬웠지만 그 우정을 유지하는 것은
그렇게 간단한 일은 아니었다.

시간이 흘러가면서 그녀와 친구들은 졸업을 했고 제각기 다른
직장에 들어갔다. 그리고 다들 결혼을 해서 가정을 이루었다. 그러
다 보니 이유는 알 수 없지만 학창 시절의 끈끈했던 우정은 점점
옅어져 갔다.

그러던 어느 날, 그녀는 차를 타고 외출했다가 잘못해서 다른 차에 부딪치고 말았다. 상대방의 차에 흠집을 냈기 때문에 배상을 해 주어야 했다. 그녀는 억울한 기분은 들었지만 기꺼이 배상해 주려고 했다. 그런데 주머니를 아무리 뒤져 보아도 지갑이 나오지 않는 게 아닌가. 하는 수 없이 그녀는 도움을 요청하기 위해 '좋은 친구'들에게 전화를 걸기 시작했다.

그런데 예상 밖의 일이 벌어졌다. 전화를 몇 통이나 걸었지만 계속해서 거절당한 것이다. 어느 친구는 이렇게 말했다. "나도 정말 도와주고 싶지만 지금은 일이 너무 바빠서 시간을 낼 수가 없어." 또 다른 친구는 말했다. "나도 정말 도와주고 싶지만 지금 아이를 돌봐야 해서 나갈 수가 없어."

그러던 중 드디어 그녀를 곤경에서 벗어나게 해 줄 친구가 한 명 나타났다. 놀랍게도 그 친구는 평소에 그녀와 그다지 친하지 않았던 사람이었다. 그녀는 고마워하면서도 내심 의아하게 생각했다.

몇 번이고 고맙다고 인사를 한 후 한시름 놓고 집에 돌아왔지만 마음이 뭔가 불편했다. 그녀는 탄식하며 어머니에게 불만을 이야기했다. "나이가 들면 들수록 친구들을 잃어 가는 것 같아요."

그러자 어머니는 웃었다. "아니야. '나이가 들면 들수록 누가 진정한 친구인지 알게 되는 것 같아요'라고 해야 맞지."

나는 대학교 때 친구들과 사이가 무척 좋다. 졸업한 지 오래되어 이제는 풋풋한 대학생이 아니라 중년을 향해 가는 나이지만 말이다. 사실 각자 가정을 꾸리고 타이완 각지에 흩어져 살며 서로다른 분야에서 일을 하고 있어서 이제 생활면에서는 공통분모가없지만 우리의 우정은 변한 적이 없다.

비록 만날 기회가 많지는 않지만 누군가에게 좋지 않은 일이 생기면 우리는 아낌없이 그 친구를 위로하고, 힘내라고 격려해 준다. 또한 아무리 바빠도 매년 두세 번씩 모임을 갖고 있다.

옛 친구들과 재회할 때마다 나는 마치 대학 시절로 돌아간 듯한기분이 든다. 다들 거리낌 없이 서로 장난치며 웃고, 아무런 계산이나 이해관계를 따지지 않는다.

나는 이렇게 좋은 친구들이 있어서 정말 행운이라고 생각한다. 그들에게 "오랜 시간 동안 내 친구가 되어 줘서 정말 고마워"라는말을 전하고 싶다.

나에게 편지를 보내는 독자들 중에는 중고등학생도 많이 있다. 그들은 학교 공부가 힘들고 부담스러운 와중에도 '우정' 때문에 고민을 하는 듯하다. 실제로 어린 학생들이 보내준 편지에서 우정에관한 이야기를 종종 볼 수 있다.

그들은 '제 친구는 왜 뒤에서 제 험담을 하고, 다른 친구들과는 잘 어울리면서 저는 따돌리는 걸까요?', '제가 좋은 성적을 받으면 친구는 축하해주기는커녕 저를 질투해요. 도대체 왜 그럴까요?', '제 친구는 왜 항상 저한테 자랑만 하고, 비교하는 걸 좋아할까요?'라고 묻곤 한다.

답은 아주 간단하다. 그 친구들은 근본적으로 당신의 '좋은 친구'가 아니다.

우리는 그러한 친구들과 깊은 교제를 나눌 가치가 있는지 심각하게 생각해 볼 필요가 있다.

나는 전에 인터넷에서 한 웹툰을 보고 깊은 인상을 받았다. 배경은 매우 성대한 장례식장인데 애도를 표하기 위해 모인 사람이 고작 두세 사람뿐이었다. 그 광경을 지켜보던 사람이 이렇게 말한다. "난 고인의 친구들로 장례식장이 가득할 줄 알았는데! 생전에 친구들이 무척 많았으니까 말이지!" 이 만화는 현대인들의 '교우관계'를 적나라하게 풍자하고 있다.

누군가는 "시간은 체와 같아서 진정한 친구를 걸러낸다"고 말했다. 그러니 우리는 누가 진정한 친구인가에 대해 고민할 필요가 없다. 왜냐하면 시간이 우리에게 답을 알려줄 테니까 말이다.

Points to
인생에
맛이 나게 하는 생각
keep in mind

우정은 사랑과 마찬가지다.
항상 당신에게 상처를 주고, 곤란하게 하고, 고민하게 만드는 친구는 당신의 진정한 친구가 아니다.
진정한 우정은 시간이 주는 시련을 견뎌낸다.
그리고 비록 멀리 떨어져 있어서 일 년에 몇 번 만나지 못한다고 할지라도 절대 깨지지 않는 유대감이 존재한다.
그것이 바로 진정한 친구다.

39
. . .

출발점을 잊어버리기 때문에
길을 잃는다

처음에 한 생각이나 결심은 마음의 나침반과 같다.
그것은 우리가 어디에서 왔는지 상기시키고,
앞으로 어디로 가야 할지 알려 준다.

가난한 가정에서 태어난 한 남자가 있었다. 남
자는 어릴 때부터 크면 반드시 부자가 되어서 식구들을 고생시키
지 않겠다고 다짐하곤 했다.

시간이 흘러 어른이 된 남자는 열심히 일하고, 또 일에 운도 따
라 주어서 젊은 나이에 큰돈을 벌었다. 그 후에도 그의 사업은 계
속해서 순풍에 돛단 듯 번창했고, 점점 돈을 더 많이 벌게 되었다.

마흔이 되기도 전에 그는 큰 부자가 되어 평생의 꿈을 이루었

다. 그러나 남자의 마음속 깊은 곳에는 늘 한 가지 의문이 있었다. '이미 돈을 많이 벌었는데 앞으로는 대체 무엇을 해야 할까?'

하지만 아무리 생각해도 답이 나오지 않았고 그저 돈만 버는 나날이 계속되었다. 그러다 결국 우울증에 걸린 그는 자신이 불행하다고 생각하게 되었다. 심지어는 자기가 살아가는 이유조차도 찾을 수가 없었다.

어느 날, 남자는 일 때문에 한 마을을 방문했다. 일을 다 마친 그는 여관에 가서 쉬려고 했지만 좀처럼 머릿속이 정리되지 않았다. 그래서 여관 밖으로 나가서 마을을 돌아보기로 마음먹었다.

목적지 없이 무작정 걷는 그의 머릿속은 여전히 잡념으로 가득했다. 어떻게 하면 더 많은 돈을 벌 수 있을지 생각하다가도 그렇게 많은 돈을 벌어서 무얼 하나 하는 생각이 교차했다.

그렇게 한참을 걸어온 그는 여관으로 돌아가려다 자신이 길을 잃었다는 사실을 깨달았다.

그때 네다섯 살쯤 되어 보이는 남자아이가 집 앞에서 놀고 있는 모습이 눈에 들어왔다. 낯선 사람의 출현에 남자아이는 호기심이 발동한 듯 남자에게 인사를 했다. "아저씨, 안녕하세요!"

"안녕!" 남자도 인사를 건넸다.

"아저씨 여기서 뭐 하세요?" 아이가 물었다.

"그냥 산책을 좀……" 남자는 참지 못하고 쓴웃음을 지었다. "사실은 말이지…… 잘못해서 길을 잃어버리고 말았단다."

남자아이는 길을 잃는 게 뭔지 잘 모르는 듯 고개를 갸웃거리며 말했다. "길을 잃어요? 길을 잃는다는 게 무슨 뜻이에요?"

"길을 잃는다는 건 말이지……" 남자는 이리저리 생각하더니 이렇게 대답했다. "그건 바로 자기가 어디서 왔는지를 잊어버린 것이란다."

"하하하, 정말 웃겨요! 어떻게 자기가 어디에서 왔는지 잊어버릴 수가 있어요?" 남자아이는 천진난만하게 웃었다.

남자도 아이를 바라보며 함께 웃기 시작했다. 그러다 그는 갑자기 깨달았다. '길을 잃는다는 것은 자신의 출발점을 잊어버리는 것이다.' 그렇다면 내 인생의 출발점은 어디인가?

그는 자신이 애초에 돈을 많이 벌겠다고 마음먹은 것은 가족들이 편하게 생활하도록 해 주기 위해서였다는 사실이 생각났다. 그러나 그동안은 돈을 버는 데만 신경 쓰느라 가족들을 잊고 살았다. 돈을 벌면 벌수록 가족들과 함께하는 시간은 점점 줄어들었다.

남자는 허리를 굽히고 웃으면서 남자아이에게 말했다. "꼬마야, 이 아저씨에게 중요한 것을 가르쳐 줘서 정말 고맙구나!"

아이는 남자의 말뜻을 이해하지 못했지만 해맑게 웃으며 남자를 바라보았다. 남자와 아이는 서로 작별 인사를 나누었다. 그러고는 남자는 노래를 흥얼거리며 석양빛을 따라 여관으로 가는 길을 찾아 걸어갔다.

그는 자신의 출발점을 발견했기 때문에 가벼운 발걸음으로 여

끝을 맺기를 처음과 같이 하면 실패가 없다.

- 노자

관으로 향할 수 있었다.

　내가 아는 사람 중에 유명한 방송국의 기자로 일했던 사람이 있다. 그녀는 매일 아름답게 치장을 했고 월급도 썩 괜찮은 편이었지만 자신이 점점 불행해지고 있다고 생각했다. 그 이유는 그녀가 원하지 않는 일을 억지로 하고 있었기 때문이다. 그녀는 매일 상사의 지시에 따라 아무런 영양가 없는 기사를 작성하고 시청률을 위해서 뉴스 같지도 않은 뉴스를 최선을 다해 보도해야 했다. 그녀는 비록 자기 일에 모든 시간을 쏟아붓고 있었지만 의미를 찾을 수 없어 아침에 일어나면 기운이 빠진다고 털어놓았다.

　어느 날 밤, 그녀는 잠을 이루지 못해 이런저런 생각을 하다가 문득 한 가지 생각을 떠올렸다. '대학교 때 나는 왜 신문방송학을 전공으로 선택했지? 처음에 나는 왜 기자가 되려고 생각했을까?'

　그 순간, 그녀는 자신의 마음속에 학창 시절의 열정이 아직 남아 있다는 사실을 발견했다. 원래 그녀는 신문방송이라는 매체를 통해서 사람의 마음에 힘을 줄 수 있는 보도를 하고 싶어 했다. 반면 현재 하는 일은 목표와 거리가 멀었기에 스스로 불행하다고 생각하게 된 것이다.

　이러한 깨달음을 얻은 그녀는 단호하게 직장을 그만두고 알찬 내용의 다큐멘터리를 제작하는 작은 방송회사를 차렸다. 그녀의 회사에서 제작한 다큐멘터리는 예상외로 좋은 평판을 받아서 지금은 많은 방송국이 앞다투어 판권을 사들이려고 한다. 덕분에 그녀는 방송 관련 상을 받기도 했다.

단, 그녀는 지금도 고되게 일하고 있는 데다 수입도 절대 많지 않다. 그러나 그녀는 이렇게 말했다. "이 직업이 나에게 가져다주는 가장 큰 보답이 뭔지 알아? 매일 아침 즐겁게 일어나서 일할 준비를 하게 해 준다는 거야."

나는 지금까지 우리 삶의 크고 작은 '성공'은 신이 주는 선물이라고 생각해 왔다. 그러나 신은 우리에게 성공을 선물하는 동시에 '시련'도 선사한다. 또한 성공은 천사가 될 수도 있고 악마가 될 수도 있다. 성공은 우리의 물질적 욕구와 허영을 만족시켜 주지만 그보다 더 큰 불만과 혼란을 가져다줄 수도 있다는 뜻이다.

처음에 한 생각이나 결심은 마음의 나침반과 같다. 그것은 우리가 어디에서 왔는지 잊어버리지 않게 하고, 앞으로 어디로 가야 할지를 알려 준다.

Points to
인생에
맛이 나게 하는 생각
keep in mind

누군가는 '천진함'을 선량, 성실, 정직 등으로 형용하지만 나는 그렇게 생각하지 않는다.
나는 아무리 천진한 사람이라고 해도 자신의 마음을 배신하면 결코 행복해질 수 없다고 믿고 있다.
길을 잃었을 때 출발점으로 되돌아가 다시 시작한다면, 우리는 결코 인생의 방향을 잃지 않을 것이다.

40

팔만사천 개의 문

당신의 생각이 맞을 수도 있다.
하지만 그렇다고 해서 온 세상 사람이
모두 당신의 방식대로 행동해야 한다는 뜻은 아니다.

다른 사람과 토론하기를 좋아하는 남자가 있었
다. 우연한 기회에 불교계의 대사(大師)를 만난 그는 "대사님, 부처
님은 정말로 무엇이든지 다 할 수 있습니까?"라고 물었다.

"그렇습니다. 부처님은 무엇이든지 다 할 수 있습니다." 대사는
대답했다.

"그렇다면 왜 굳이 불교 신자들은 절을 하고, 불경을 외우고, 정
좌를 하고, 재계하고 채식을 하고, 마음을 수양하는 등등 일련의

규율을 지켜야 합니까?"

남자는 일부러 잠깐 말을 멈춘 다음 득의양양한 표정을 짓고 이어서 말했다. "부처님이 무엇이든지 다 할 수 있다고 했으니 신도들도 더 편하게 한 가지 방식으로 부처님을 섬기면 좋지 않습니까, 무엇 때문에 그렇게 번거롭게 여러 가지 수양을 합니까!"

대사는 웃더니 이렇게 대답했다. "만약 방 하나에 문이 하나밖에 없는데 사람들이 모두 다 그 문으로 드나들어야 한다고 칩시다. 그러면 그 문은 사람들로 꽉 차서 오갈 수 없게 될 겁니다. 반면 만약 방 하나에 팔만사천 개의 문이 있다면 모두 서로 다른 문을 선택해서 여유롭고 자유롭게 드나들 수 있겠지요. 이것이 바로 불교에 팔만사천 개의 법문이 있는 이유입니다."

남자는 대사의 말을 듣고 반론도 펴지 못한 채 애꿎은 코만 만지작거리며 자리를 떠났다.

당신은 '채식주의'에 대해서 어떻게 생각하는가? 나는 개인적으로 채식주의에 적극 찬성한다.

우선 환경보호 차원에서 생각했을 때 채식을 하면 자원을 비교적 적게 소모할 수 있다. 유엔에서도 채식을 많이 하고 육식을 줄이는 것이 환경보호에 도움이 되며 장차 일어날 식량 위기를 피할 수 있는 길이라고 이야기하고 있다. 건강 면에서도 식이섬유와 비타민을 풍부하게 함유한 채소는 우리 몸에 매우 유익하다. 그리고 동물보호 차원에서도 채식을 통해 동물을 살릴 수 있고 무자비한 살육과 도살을 방지할 수 있어 유익하다.

나의 경우, 평소에는 채식을 하지만 친구들과의 모임이 있을 때는 채식, 육식을 가리지 않는 편이다. 기본적으로 나는 채식주의를 지지하는 사람이니 같은 뜻을 가진 동지를 만나면 기뻐하는 게 정상일 것이다.

그러나 현실은 그렇지 않았다. 한번은 친구들과의 모임에서 채식주의자를 만나게 되었는데 동질감은커녕 반감만 느끼고 돌아와야 했다.

그 채식주의자는 음식이 나오자 닭다리를 먹고 있는 사람에게 눈을 흘기며 이렇게 말했다. "당신은 지금 자기가 동물의 시체를 먹고 있다는 사실을 알고는 있나요?" 그러고는 한도 끝도 없이 별의별 이야기를 늘어놓기 시작했다. 동물이 죽을 때는 몸에서 독소가 생성되기 때문에 고기를 먹는 행위는 바로 독을 먹는 행위라고 하지를 않나, 한술 더 떠서 동물을 도축하는 장면을 본 적이 있는데 정말 피비린내 나고 잔인했다는 등의 이야기를 했다.

당연히 자리에 있던 사람들은 그녀의 이야기를 듣고 식욕을 완전히 잃고 말았고, 안색이 어두워진 사람도 있었다. 결국 참다못한 누군가가 그녀에게 그만하라고 단도직입적으로 말해 분위기는 완전히 얼어붙고 말았다.

그녀 같은 사람을 만날 때마다 나는 정말 안타까움을 느낀다.

그녀가 채식을 권유하는 것은 분명 선의에서 나온 행동이겠지만 방법이 틀렸지 않은가.

실제로 그날 모임에 참석했던 사람들은 대부분 '정말 이상하고 짜증 나는 여자'를 만났다고만 생각했지 그녀의 적극적인 추천을 듣고 채식을 시작한 사람은 단 한 사람도 없다. 그렇다면 그녀가 그날 모임에서 쉬지 않고 이야기한 것은 도대체 무슨 의미가 있단 말인가?

또한 내 친구 중에는 교회에서 삶의 큰 기쁨을 느낀 나머지 주위 사람들에게도 같이 교회에 나가자고 권유하는 사람이 있다.

그러나 그의 방식에는 문제가 있었다. 권유하는 방식이 거의 반강제적이었던 것이다. 그는 하루도 빠짐없이 적극적으로 전화를 하고, 문자 메시지를 보내다 만약 친구가 완곡하게 거절하면 그 자리에서 바로 언짢은 표정을 지었다. 결국 사람들은 그를 두려워하기 시작했다.

물론 그는 선한 마음으로 전도하려고 했겠지만, 채식주의를 권유하던 여자처럼 역시 방법이 틀렸다.

모든 사람은 각자 자기만의 개성과 습관을 지니고 있어서 하나의 방법을 모든 이에게 적용시키기란 불가능하다.

따라서 우리가 어떤 행동을 할 때는 선의에서 하는 것도 물론 중요하지만 그보다는 어떤 방법을 택하느냐가 더 중요하다. 특히 다른 사람에 대한 존중을 잊어서는 안 된다.

어쩌면 당신의 생각이 맞을 수도 있다. 하지만 그렇다고 해서 온 세상 사람이 모두 당신의 방식대로 행동해야 한다는 뜻은 아니다.

인생에
맛이 나게 하는 생각
Points to
keep in mind

사람들은 서로 다른 성격과 성장 배경을 가지고 있고, 저마다 기호와 취미도 다르다.
그러므로 단일한 방법이나 방식을 모든 사람에게 똑같이 적용할 수는 없다.
우리가 좋다고 생각하는 행동에 다른 사람이 동참하기를 원한다면 강제적인 방식보다는 부드럽게 권유하는 편이 훨씬 효과적이다.
사람들은 부드러운 태도로 말할 때 더 쉽게 받아들이는 경향이 있으니 말이다.

Part 3

시련은
　　인생의
　　높은 봉우리로
올라가기 위해
　　꼭 필요한 단계다

41

인생은 하천의 흐름처럼
구불구불해야 정상이다

좌절은 우리 인생에 반드시 필요한 부분이다.
하천이 장애물을 만나 굽이쳐 흘러야
계속해서 앞으로 나아갈 수 있듯이
우리 삶도 마찬가지다.

어느 대학교의 강의실에서 나이 든 교수가 분
필을 집어 들고 칠판에 간략한 지도를 그렸다. 다 그리고 나자 그
는 몸을 돌려 학생들에게 물었다. "이 지도를 한 번 보게. 뭔가 이
상한 점이 보이지 않는가?"

교수의 말이 끝나자마자 한 학생이 손을 들었다. "교수님, 교수
님께서 그리신 지도는 정말 이상합니다. 지도 속에 그려진 하천이
전부 직선입니다. 실제로는 그렇게 될 수가 없습니다."

교수는 만족하는 표정을 지으며 고개를 끄덕였다. 그는 지도상의 일직선으로 된 하천을 지우고 다시 그리고는 물었다. "다시 한 번 보게. 지금 지도에 그려진 하천은 어떤 특징이 있는가?"

다른 학생이 손을 들고 말했다. "지금 지도에 그려진 하천은 구불구불한 게 실제 하천의 모양과 매우 비슷합니다."

교수는 다시 한 번 학생들에게 물었다. "그렇다면 자네들은 왜 하천이 직선이 아니라 구불구불한 모양인지 생각해 본 적이 있나?"

그러자 강의실에 있던 학생 중 하나가 참지 못하고 웃음을 터뜨렸다. 질문에 대한 답은 초등학생조차도 다 아는 사실이었기 때문이다. 그중 한 학생이 대답했다. "하천이 흘러나갈 때 지형적인 제약을 받기 때문입니다. 예를 들어 산맥이나 비교적 단단한 지질 등이 있죠. 그래서 하천은 직선으로 흐르지 못하고 장애물이나 제약을 돌아서 굽이굽이 흐를 수밖에 없습니다."

"아주 잘 설명해 주었네! 직선으로 흐르는 하천은 정말 이상하지. 구불구불 곡선으로 흐르는 형태가 비로소 정상인 걸세." 교수는 안경을 밀어 올리며 웃으면서 학생들에게 말했다. "자네들도 잘 기억해 두게. 자네들의 인생도 하천과 마찬가지라는 사실을 말일세. 인생에서 일어나는 모든 장애와 좌절은 정상적인 상태라 생각해야 하네!"

독자들은 아마도 '아키모토 야스시(秋元康)'라는 이름이 생소하게 느껴질 것이다. 반면 현재 일본에서 엄청난 인기를 누리고 있는 여성 아이돌 그룹 'AKB48'의 이름은 익숙할 것이다. 누군가는 AKB48이 음악 역사상 가장 성공한 여성 그룹 중 하나라고 묘사하는데, 이러한 AKB48을 만들어 낸 숨은 실력자가 바로 아키모토 야스시다. 그는 텔레비전 프로그램 및 영화 제작자로도 활동하고 있고, 매우 성공한 시나리오 작가이기도 하며, 그 외에도 많은 사람의 입에 회자되는 가사를 쓰기도 하는 등 다양한 방면에서 활동하고 있다. AKB48의 성공으로 아키모토 야스시는 부와 명성을 한꺼번에 얻었을 뿐만 아니라 일본 가요계의 대부의 위치까지 올라섰다.

어쩌면 여러분은 이렇게 성공한 인물이라면 하는 일마다 전부 순조롭게 풀릴 거라고 생각할지도 모르겠다. 그러나 아키모토 야스시는 예전의 인터뷰에서 성공에 대해 말하다가 뜻밖의 이야기를 꺼냈다.

그는 인생에서의 도전을 시합에 비유했다. 그러면서 만약 열 번의 시합에 참가한다면 그중에 다섯 번 승리하고, 네 번 패배하고, 한 번 비기는 것이 자신이 생각하는 이상적인 경기 성적이라고 말했다.

이처럼 가요계의 대부조차도 백전백승을 기대하지 않는다. 사실 그도 젊었을 때는 매번 경쟁에 임할 때마다 이기기를 바랐다고

역경에 부닥쳐서 고난을 극복해 본 적이 없는 사람은
자기 자신의 참된 능력을 알지 못한다.

-벤 존슨

인정했다. 그러나 나이가 들수록 그것이 절대 불가능하다는 사실을 확실하게 인식하게 되었다고 한다. 이에 대해 그는 이렇게 말했다. "만약 자기가 하는 일이 모두 잘 풀리기를 원한다면 당신의 인생은 상처투성이고 좌절과 실망이 가득한 인생이 될 것입니다."

이와는 반대로 실패를 정상적이고 필연적인 상태라고 인식하면 편안한 마음으로 상황에 대처할 수 있게 되어 좌절에 빠져 재기불능 상태가 되는 것을 피할 수 있다.

또한 이러한 마음가짐은 선순환하도록 이끈다. 먼저 '좌절은 이미 발생한 일이다'라는 사실을 받아들이면 거기서 반성과 배움을 얻어 앞으로 나아갈 수 있게 된다. 이로써 좌절이 우리 인생에 매우 가치 있는 일로 바뀌는 것이다.

그런 의미에서 아키모토 야스시의 이야기는 그가 겪어온 세월이 준 지혜를 잘 드러낸다고 할 수 있다.

내가 중학생일 때 '졸업 기념 노트'가 유행했던 적이 있었다. 학교를 떠나기 전에 친구들끼리 서로의 기념 노트를 교환하면서 축복의 말을 남기는 것이었다. 그중에서 가장 자주 볼 수 있었던 구절은 '모든 일이 잘 풀리기를'이었다. 그러나 학교 밖으로 나온 다음, 정말 모든 일이 잘 풀리기만 하는 사람이 과연 몇이나 될까? 그리고 모든 일이 다 잘 풀리는 인생이 정말 비교적 좋은 인생이라고 할 수 있을까? 모든 일이 잘 풀리면 우리는 자신을 성숙하게 만들 기회를 영영 잃어버리게 될지도 모른다. 그럼 자연히 의지를 단련시킬 기회도 사라지지 않겠는가?

인생은 본래 흘러가는 하천처럼 구불구불한 것이 정상이다. 그 과정에서 우리는 어떻게 하면 자신을 변화시키고 환경에 적응할 수 있는지 배운다. 또한 좌절을 통해 희망을 품고 조금씩 앞으로 나아가면서 목표에 이르는 방법을 이해할 수 있게 된다.

Points to
인생에
맛이 나게 하는 생각
keep in mind

좌절을 우리 인생에 반드시 필요한 부분으로 생각하자. 하천이 장애물을 따라 굽이굽이 흘러야 계속해서 전진할 수 있는 것처럼 우리도 좌절을 통해 계속해서 전진할 수 있다. 좌절을 편안한 마음으로 받아들이면 깨달음을 얻어 똑같은 실패를 반복하지 않게 될 것이다.

42

. . .

너그러움은
많은 사람을 내 편으로 만든다

다른 사람을 위해
한 계단 양보하는 것은
곧 나를 위한 것이다.

그녀는 이혼신고서를 다 작성한 다음, 남편이 퇴근해서 돌아오면 발견할 수 있도록 식탁의 가장 눈에 띄는 곳에 놓아두었다.

그녀는 이미 결혼생활을 끝내야겠다는 결심을 굳힌 상태였다. 남편과 결혼을 한 지 일 년이 조금 넘은 지금, 이렇게 결혼생활에 종지부를 찍어야 한다는 사실에 마음이 참을 수 없이 아팠다.

그런데 그녀는 어떻게 하다가 남편과 이렇게 크게 싸우게 되었는지 생각도 나지 않았다. 분명 별거 아닌 사소한 일이 발단이 되었을 것이다. 하지만 그녀가 정말 화가 난 부분은 자신을 너그럽게 받아주지 못하고 절대 양보하지 않는 남편의 성격이었다.

그녀는 짐을 꾸리고 두 사람이 함께 만들어 온 집을 떠날 준비를 했다. 그러다 문득 결혼식 때 찍은 사진이 그녀의 눈에 들어왔다. 웨딩드레스를 입은 그녀는 정말 행복한 듯 만면에 미소를 띠고 있었다. 그 모습을 보자 또 마음이 아파 왔다.

그러다가 그녀는 한 가지 이상한 점을 발견했다. 남편은 분명 그녀보다 머리 하나만큼은 더 큰데 결혼식 사진 속의 두 사람은 왜 키가 똑같은 걸까?

그 순간, 결혼사진을 찍던 날의 기억이 떠올랐다. 그날 두 사람은 어느 교회 앞 계단을 배경으로 포즈를 취하고 있었다. 그런데 갑자기 사진기사가 카메라를 내려놓더니 두 사람에게 이렇게 말했다. "신랑님, 한 계단 내려오시면 안 될까요? 그렇게 하면 두 분의 키가 거의 비슷해져서 더 보기 좋을 것 같은데요."

사진기사의 말을 떠올리고 그녀는 마치 깨달음을 얻은 것 같았다. "맞아, 그저 계단 하나에 불과한 거야. 그런데 왜 나는 그만큼도 양보하려고 하지 않았을까?"

그녀는 아무 말 없이 한참을 생각하다가 결국 식탁 위의 이혼신고서를 찢어 버렸다. 행복이란 단지 계단 하나만큼의 거리에 존재한다는 사실을 깨달았기 때문이다.

우리 주위에는 성격이 좋지 않고 화를 잘 내는 사람들이 있다. 그러나 나는 좋지 않은 성격을 가졌다고 해서 나쁜 사람이라고는 생각하지 않는다. 사실 정말 나쁜 사람은 다른 사람을 위해 양보하는 게 바로 자신을 위하는 것이라는 사실을 이해하지 못하는 사람이다.

실제로 우리 친척들 중에 이런 사람이 있었다. 그녀는 부모님, 형제자매, 심지어 남편과 아이들과도 사이가 나빠서 짧게는 2, 3개월, 길게는 십 년이 넘도록 서로 연락도 하지 않고 지냈다. 심지어 관계를 개선하기 위해 상대방이 먼저 호의를 베풀어도 항상 단호하게 거절했다. 사실 이들과 사이가 틀어진 건 정말 별거 아닌 일 때문인데 그녀는 하나부터 열까지 조목조목 따지고 들곤 했다.

한번은 그녀와 어머니가 냉전 중인 상황에서 친척들이 모임을 가진 적이 있었다. 자세한 사정을 잘 아는 친척이 그녀에게 다음과 같이 제안했다. "우리 이렇게 하자. 모임이 끝난 다음에 다 같이 어머니댁에 놀러 가는 게 어떨까? 이참에 너도 어머니와 화해하면 좋잖아!"

그러나 그녀는 당장 거절했고 사람들 앞에서 어머니에 대해 안 좋은 소리를 하기 시작했다. 다른 사람들이 자기를 배려해 주지 않는다고 생각했는지 정색을 하며 화를 내기도 했다. 그녀 때문에 그 자리의 분위기는 매우 어색해졌고 다들 불쾌해진 채 어렵게 가진 모임이 끝나 버렸다.

그녀보다 연배가 아래인 나는 참견하기가 껄끄러워서 그냥 한쪽에서 듣고만 있었지만 참 안타까운 마음이 들었다. 어머니와 철천지원수 사이도 아닌데 그렇게까지 자기 생각만 고집할 필요가 있을까? 우리 인생은 한순간이고, 서로 얼굴을 볼 시간도 한정되어 있다. 그런데 왜 그토록 소중한 시간을 낭비하고 자기 자신과 다른 사람의 기분을 망치는 걸까?

대학 시절에 나는 집에서 나와 세를 얻어 살았다. 그런데 어느날 옆방에 사는 사람이 어젯밤에 내 방에서 들려오는 음악 소리가 너무 커서 방해가 되었다는 내용의 메모를 내 방문에다 붙여 놓았다. 예의 없는 어투로 쓴 그의 메모에 순간적으로 기분이 나빠졌지만, 곰곰이 생각해 보니 부주의했던 내 잘못이었으므로 사과해야 마땅하다는 생각이 들었다.

그래서 다음 날 나는 그의 방문을 두드렸다. 그는 인상을 쓰면서 "무슨 일이에요? 나랑 싸우러 왔어요?"라고 물었다.

"싸우러 온 게 아니에요. 어제 시끄럽게 해서 정말 죄송해요. 앞으로는 주의할게요." 나는 루웨이(滷味: 간장 등을 넣은 한방 소스에 채소나 소시지, 고기 등을 담가 먹는 타이완의 음식) 한 봉지를 건네며 말했다. "이건 사과의 의미에요. 야식으로 드시라고 사 왔어요. 화가 나셨다면 기분 푸세요." 옆방사람은 어리둥절한 표정으로 쳐다보더니 내가 준 봉지를 받아들었다.

만약 내가 당시에 잘못을 인정하지 않고 그와 싸웠다면 우리는 마주칠 때마다 분명 껄끄러운 기분을 느꼈을 것이다. 그 대신 사소한 선의로 서로의 서먹서먹한 기분을 쉽게 풀 수 있었고, 그 후로는 마주칠 때마다 웃으며 이야기를 나누는 사이가 되었다.

다른 사람을 위해 한 계단 양보하는 것은 곧 나를 위한 것이다. 별거 아닌 일이지만 다른 사람을 편안하게 해 줄 수 있고, 나 자신을 기쁘게 한다.

살아가면서 겪는 다양한 충돌은 사실 그렇게 심각한 일이 아니다. 단지 우리가 화가 난 나머지 오해를 크게 확대시킨 것에 불과하다.

다른 사람을 너그럽게 용서하는 일은 사실 나 자신을 용서하는 일이다. 잘못을 저질렀을 때는 머리를 숙이고 잘못을 인정해 보자.

그러면 원수까지도 친구로 만들 수 있을 것이다.

43

착한 일은 전염성이 있다

최초의 선행은 작은 불씨에 불과하지만
돌다 보면 생명을 비춰 주는 횃불이 될 정도로 강해진다.

젊은 시절에 배낭을 짊어지고 세계 각지를 돌
아다닌 탐험가가 있었다. 서른 살 때 그는 굶어 죽기 직전의 거지
를 구해 주었다. 무척 감사해하는 거지에게 그는 이렇게 말했다.
"저에게 보답을 할 필요는 없습니다. 다만 만약에 기회가 있다면
나 대신 다른 사람을 도와주겠다고 약속해 주세요."

마흔 살 때 그는 교통사고 현장에서 어떤 남자를 구해 주고는
다음과 같이 말했다. "저에게 보답을 할 필요는 없습니다. 다만 만

보상을 구하지 않는 봉사는 남을 행복하게 할 뿐 아니라
우리 자신도 행복하게 하는 것이다.
자기의 힘을 인류 전체에 바치도록 요청하는 것은
단지 선인뿐만 아니라 우리 전부에 대한 요망이다.
이런 원칙을 준수하면 버림의 경지에 들어가
이기적인 것을 추구하는 욕망에서 벗어날 수가 있다.
이것이 인간과 짐승의 다른 점이다.

-간디

약에 기회가 있다면 나 대신 다른 사람을 도와주겠다고 약속해 주세요."

쉰 살 때 그는 산에서 조난을 당해 동사할 뻔한 여자를 구해주고 다음과 같이 말했다. "저에게 보답을 할 필요는 없습니다. 다만 만약에 기회가 있다면 나 대신 다른 사람을 도와주겠다고 약속해 주세요."

예순 살 때 그는 자신이 점점 늙어가고 있다는 것을 느꼈다. 몸도 예전처럼 재빠르지 않았고, 체력도 왕성하지 못했다. 그는 자신의 긴 여행을 끝마쳐야겠다고 생각하고 지구의 다른 편에 있는 고향으로 돌아가려고 했다.

그런데 고향 땅까지 얼마 남지 않았을 때 갑자기 비구름이 몰려와 큰 비가 내리기 시작했다. 이내 평온했던 바다는 세찬 파도로 뒤덮였다. 결국 그가 탄 작은 배는 큰 파도를 만나 전복되었다. 그는 차가운 바닷속으로 가라앉으면서 서서히 의식을 잃어가고 있었다.

그러던 찰나 갑자기 고기를 잡는 그물이 그의 몸을 감싸 안았다. 그는 그렇게 지나가던 어부 덕택에 목숨을 건졌다. 늙은 탐험가는 감사한 마음에 어부에게 이렇게 물었다. "정말 감사합니다. 당신은 저의 생명을 구해 주셨습니다. 어떻게 보답을 하면 좋을까요?"

그러자 어부는 미소를 지으며 대답했다. "저에게 보답을 할 필요는 없습니다. 다만 만약에 기회가 있다면 나 대신 다른 사람을 도와주겠다고 약속해 주세요."

나는 태국에 여행을 갔다가 길을 잃은 적이 있었다. 어쩔 수 없이 지나가던 여자에게 길을 물었는데 그녀는 대답 대신 나에게 어디에서 왔느냐고 물었다. 내가 타이완에서 왔다고 대답하자 그녀는 매우 기뻐하면서 친절하게 방향을 가르쳐 주었다. 심지어 내가 잘 알아듣지 못하자 자신의 오토바이에 태워서 목적지까지 데려다 주었다.

나는 계속해서 그녀에게 정말 고맙다고 인사했다. 그러자 그녀는 웃으면서 이전에 타이완에서 일 년 동안 일을 한 적이 있었는데 자신을 고용해 준 사람이 매우 잘 대해 주었기 때문에 타이완 사람에게 호의를 느끼게 되었다고 말했다.

당시에 내 머릿속에는 '덕분'이라는 두 글자가 떠올랐다. 외국인 노동자에게 친절하게 대해 준 동포 덕분에 내가 외국에서 좋은 대접을 받을 수 있었던 것이다.

한번은 아프리카의 말라위에 간 적이 있었는데 그때도 다른 사람의 덕을 입었다. 내가 타이완 사람이라는 것을 안 현지의 영세 상인으로부터 선물을 받게 된 것이었다. 그는 "당신들 타이완 사람은 사랑을 베푸는 사람들입니다. 당신들은 말라위에 고아원을 지어서 우리의 아이들을 도와주었어요"라고 했다.

이러한 경험 때문에 나는 해외에 나갈 때마다 좋은 사람이 되어야 한다고 시시각각 나 자신을 일깨운다. 나 한 사람의 행동이 타이완 사람에 대한 인상에 영향을 주고, 외국인들이 타이완 사람을 대하는 태도를 바꾸게 할 수 있으니 말이다.

무엇보다 나는 '착한 일은 퍼져 나간다'고 줄곧 믿고 있다. 미소와 별거 아닌 도움은 언어와 종족의 장벽을 넘어 다른 사람에게로 퍼져 나간다. 누군가의 도움을 받아 본 적이 있는 사람은 자연스럽게 기꺼이 다른 사람을 도와주게 된다.

만약 당신이 항상 사회가 너무 냉담하고 사람들이 악하다고 느낀다면 당신이 먼저 좋은 일을 시작해 보는 것이 어떨까? 당신의 따뜻한 배려가 더 큰 사랑으로 퍼져 나갈지도 모르는 일이다.

Points to
인생에
맛이 나게 하는 생각
keep in mind

선행은 전염성이 있다.
최초의 선행은 작은 불씨에 불과하다.
하지만 그것은 돌고 돌아 다른 사람을 따뜻하게 해 주고 나중에는 생명을 비춰 주는 횃불이 될 정도로 강해진다.
선행을 베푸는 데 인색해지지 말라.
사랑은 우리의 행동을 통해 더 멀리 퍼져 나간다.

44

규칙적인 습관의 힘

사소한 습관이라도
규칙적으로 매일 반복하다 보면
우리 삶에 커다란 변화가 나타난다.

젊고 전도유망한 피아니스트가 있었다. 그는 지금보다 더 젊었을 때 세계적인 클래식 음악 대상을 받았고 '천재 피아니스트'라고 불리게 되었다.

한번은 그의 인터뷰를 진행하던 기자가 다음과 같이 물었다. "사람들은 당신을 '천재 피아니스트'라고 부르는데요, 당신도 이러한 호칭에 동의하시나요?"

젊은 피아니스트는 고개를 갸우뚱하며 생각해 보더니 말했다.

"그건 기자님이 '천재'라는 말의 뜻을 어떻게 정의하느냐에 달려 있지요."

기자는 피아니스트의 말을 이해할 수 없었다.

피아니스트는 계속해서 다음과 같이 말했다. "만약 소위 말하는 '천재'가 아무런 노력도 하지 않았는데 성공한 사람을 가리키는 것이라면 저는 천재가 아닙니다. 반대로 매일 규칙적으로 노력을 한 끝에 성공하게 된 사람을 가리키는 것이라면 저는 천재라고 할 수 있겠지요."

사실 나는 이 '천재'라고 불리는 피아니스트와 잘 아는 사이인데 어느 정도 친해지고 나서야 그가 소위 말하는 '천재'가 아니라는 사실을 깨닫게 되었다. 그는 매일 아침, 점심, 저녁때마다 일정한 시간 연습을 하고 그 누구보다도 열심히 노력하는 사람이다. 한번은 피아노를 정말 좋아해서 그렇게 힘든 훈련을 받아들일 수 있는 것 아니겠느냐고 그에게 말한 적이 있었다.

그러자 그는 다음과 같이 대답했다. "분명 저는 피아노를 좋아하지만 그게 제 성공을 이끌어 준 중요한 원인은 아니에요." 그러면서 자신의 성공은 '규칙적인 습관'에서 비롯된 것이라고 했다.

사실 그때 나는 그의 말이 무슨 뜻인지 제대로 이해하지 못했다. 그러다 나중에서야 깨닫게 되었다. 그는 매일 규칙적인 연습을 통해서 한 걸음씩 발전해 나갔고, 이렇게 작은 발전이 모여 결국에는 다른 사람이 뛰어넘지 못하는 높은 산과 같은 성과를 거두게 된 것이다.

이렇듯 규칙적인 습관은 우리를 발전하게 할 뿐만 아니라 안전감을 주고 일의 효과를 높여 준다.

한 육아 전문가가 말하길 사람은 아기 때부터 규칙적으로 무언가를 하고 쉬는 습관을 길러 줘야 한다고 했다. 비슷한 시간에 일어나고, 밥을 먹고, 아기가 잠이 들기 전에 목욕시키거나 자장가를 불러 주는 등의 '잠자기 전 의식'을 해 주는 편이 좋다는 것이다. 그래야 아기가 '어느 때 어떤 일을 하는지'에 대해 잘 알게 되어 안전하다는 느낌을 받게 되고 잘 울지 않는다는 것이 그 전문가의 주장이었다.

처음에는 나도 반신반의했지만 이 방법대로 아이를 키우다 보니 역시 육아 전문가의 말이 일리가 있다는 사실을 깨닫게 되었다.

그뿐만 아니라 이러한 방식을 아기들뿐만 아니라 성인에게도 적용할 수 있지 않을까 하는 생각이 들었다. 그래서 나 자신을 '실험 대상'으로 삼아 매일 비슷한 시간에 일어나 밥을 해서 먹고, 운동을 하고 일을 하기 시작했다. 동시에 '일하기 전의 의식'을 정해서 항상 컴퓨터를 켜기 전에 커피를 끓이고 책상을 정리했다. 짧은 순간이지만 이렇게 생활하는 습관을 들이자 의식을 시작하면 자동적으로 '아 일을 시작하려고 하는구나'라고 인식하게 되었다.

'규칙적인 생활'이라고 하면 좀 재미없게 들릴지도 모르겠지만 효과가 있는 것만은 사실이다. 실제로 나는 일의 효율이 향상되었고, 아침에 못 일어나거나 저녁에 잠을 자지 못하는 경우가 없어졌다. 물론 예외도 있다. 예를 들어 친구들과의 모임이 있거나 한 경우에는 당연히 집에 들어오는 시간이 늦어지고 잠자리에 드는 시간도 늦어진다. 그러나 가끔씩 이렇게 자유를 누리는 것도 나쁘지 않다. 다음 날부터 다시 원래의 규칙적인 생활로 돌아오면 되니까 말이다.

나는 독자들도 규칙적으로 일하고 쉬는 습관을 한번 실천해 보았으면 좋겠다. 아마도 그 과정에서 생각지도 못한 좋은 점을 발견하게 될 것이다.

Points to
인생에
맛이 나게 하는 생각
keep in mind

나는 '규칙적인 습관'이 사람의 마음을 편안하게 하고 일의 효율을 높여 준다고 믿는다.
사소한 습관이라도 규칙적으로 매일 반복하다 보면 언젠가는 그것이 모여서 커다란 발전을 이루게 될 것이다.

45

별것 아니라고 생각하자

'큰일은 작은 일처럼 생각하고,
작은 일은 아예 없던 걸로 생각하자.'
이는 남을 이해하는 것이 아니라
나 자신을 이해하는 것이다.

사소한 일로 다른 사람과 싸움을 벌이고 기분이
매우 나빠진 남자가 있었다. 그는 누군가에게 불평을 늘어놓고 싶
어서 잘 알고 지내는 스님이 계신 절을 찾아갔다.

그런데 남자가 말을 꺼낸 지 얼마 되지 않아 스님은 손을 내저
어서 그만 이야기하라는 표시를 하며 이렇게 말했다. "화가 수그러
들면 다시 오시게. 오늘은 그냥 돌아가는 게 좋겠네."

이틀 후, 남자는 또 스님을 찾아갔지만 스님은 이렇게 말했다.

"화가 수그러들면 다시 오시게. 오늘은 그냥 돌아가시게나."

다시 이틀이 지났고 남자는 또다시 절에 나타났다. 그러나 스님은 여전히 "화가 수그러들면 다시 오시게. 오늘은 그냥 돌아가시게나"라고 말했다.

남자는 발끈해서 "저는 벌써 화가 다 풀렸단말입니다!"라고 대답했다.

그러자 스님은 껄껄 웃으면서 말했다. "화가 다 풀렸으면 더 이상 무슨 할 말이 있는가? 오늘도 그냥 돌아가는 게 좋겠네!"

어느 모녀가 식당에서 식사를 하고 있었는데 종업원이 실수로 수프를 딸의 몸에 쏟고 말았다.

수프를 뒤집어쓴 딸의 모습을 본 어머니는 당황했지만, 오히려 딸은 부드러운 목소리로 종업원을 달랬다. "괜찮아요? 데지는 않았어요?" 종업원이 연신 사과하자 딸이 말했다. "괜찮아요. 옷은 집에 가서 빨면 되니까 굳이 세탁비를 물어 줄 필요는 없어요."

어머니는 딸의 반응을 매우 의아하게 생각하며 물었다. "너는 왜 화를 안 내니?"

"제가 왜 화를 내야 하는데요?" 딸은 웃으면서 말했다. "엄마, 잊어버렸을지도 모르겠지만 저도 대학생 때 식당에서 아르바이트를 했었어요. 그때 손님한테 와인을 쏟은 적이 있었죠. 만약 그때 제가 손님한테 혼났다면 엄마는 얼마나 마음이 아프시겠어요? 지금

저에게 수프를 쏟은 그 종업원도 누군가의 소중한 딸일 거 아니에요!"

인터넷상에서 퍼져 나간 이 이야기를 보고 나는 매우 공감했다. 사실은 나도 대학교 때 3년 동안이나 서빙 아르바이트를 한 적이 있었기 때문이다. 이 경험 때문인지 나는 지금까지도 종업원들에게 친절하게 대한다. 종업원을 마음대로 부리고 예의 없게 행동하는 사람들은 정말 꼴 보기 싫다.

안타깝게도 현대인들은 배려나 포용력이 부족한 듯하다. 종업원이 잘못해서 치마를 더럽히면 바로 하소연할 곳을 찾는다. 종업원이 계산할 때 할인해 주는 것을 잊어도, 먹고 싶었던 한정수량인 요리를 먹지 못해도 하소연할 곳을 찾는다. 텔레비전을 켜면 뉴스 시간에 이렇게 영양가 없는 소식이 가득 흘러나올 정도다. 물론 좋지 않은 일을 당하면 기분이 나쁠 거라는 건 이해할 수 있다. 그렇다고 밑도 끝도 없이 화를 내고 심지어 기자까지 찾아가 별거 아닌 기삿거리를 제공할 필요가 있을까? 이건 사회적인 자원을 남용하는 행위나 마찬가지다.

살다 보면 우리를 화나게 만드는 사소한 일들이 자주 일어난다. 예의가 없는 종업원이나 아무렇게나 차를 모는 운전기사, 새치기하는 아줌마 등등. 그렇지만 이런 사람을 만나는 게 우리에게 무슨 의미가 있단 말인가? 그들 때문에 쉴 새 없이 입에 불평을 달고 살

우리의 일상생활에서 가장 조심해야 할 것은
사소한 감정을 어떻게 처리하느냐 하는 문제다.
사소한 일은 계속 발생하며,
그것이 도화선이 되어 큰 불행으로 발전하는 일이
적지 않기 때문이다.

-알랭

면서 자기 기분까지 망쳐 버릴 필요가 있을까?

좀 더 너그럽게 용서하는 마음을 갖도록 하자. 화를 내기 전에 먼저 심호흡을 하면 그 누구도 아닌 나에게 도움이 될 것이다.

생활 속에서 일어나는 뜻대로 되지 않는 사소한 일에 기분이 나빠질 수도 있다.

그렇지만 그것이 정말 우리의 기분을 망칠 만한 가치가 있는 일일까?

옛사람들은 "큰일은 작은 일처럼 생각하고, 작은 일은 아예 없던 걸로 생각하자"라고 했다.

이는 남을 이해하는 것이 아니라 나 자신을 이해하는 것이다.

46

낙관적인 사람은
다른 사람의 장점을 볼 줄 안다

남을 비방하기는 정말 쉽다.
그러나 남을 비방한 후에
당신이 얻는 것은 과연 무엇인가?

매일매일 일기를 쓰는 남자가 있었는데 그의 일기장에는 유쾌하지 않은 일들만 가득 적혀 있었다. 어느 날, 남자는 집에서 빈둥거리다가 호기심이 발동해서 아들의 일기를 훔쳐보았다. 그리고는 자신과 아들의 일기를 비교해 보았다.

모월 모일

오늘 우리 아들이 수학에서 5점을 받아 왔다. 아들은 정말 바보 같다. 나는 아들의 점수를 보고 넋이 나갔다. 도대체 아들을 어떻게 혼내야 할지 모르겠다.

　모월 모일

　오늘 나는 수학에서 5점을 받았다. 그렇지만 아빠는 나를 혼내지 않으셨다. 아마도 아빠는 나를 격려해 주기 위해서 아무 말씀도 하지 않으신 것 같다. 나는 앞으로 더 열심히 공부해야겠다고 생각했다.

　모월 모일

　오늘은 내 생일이다. 아들은 아침 일찍부터 나에게 아침 식사를 만들어 주었다. 그렇지만 전부 타 버렸고, 주방은 엉망진창으로 만들어 놓았다. 아, 우리 아들은 도대체 언제쯤이면 좀 영리해질까.

　모월 모일

　오늘은 아빠의 생신이다. 나는 아빠 생신을 축하하기 위해 아침 식사를 만들었다. 음식이 타기는 했지만 아빠는 전부 다 드셨다. 아빠는 정말 나를 사랑하시는 것 같다…….

　남자는 아들의 일기를 몇 편 보다가 자기도 모르게 눈물을 흘렸다. 그는 앞으로 아들의 관점으로 세상을 보기로 했다. 더 이상 일기에 불평이나 원망을 쓰는 것은 그만두고 기쁜 일만 쓰기로 결심한 것이다.

누구나 단점을 갖고 있는 동시에 장점을 갖고 있다.

비관적인 사람은 다른 사람의 단점만 보고, 낙관적인 사람은 다른 사람의 장점을 본다. 과연 둘 중 어느 쪽이 더 즐겁게 살아갈 수 있을지 결론 내리기는 어렵지 않을 것이다.

내가 아직 회사에 다닐 때의 일이다. 우리 회사에는 확연히 다른 두 상사가 있었다. 한 상사는 '엄격한 스타일'로 아무리 일을 죽어라 열심히 해서 걸작을 만들어 내도 최고의 칭찬이 "괜찮네"였다. 만약 부하직원이 작은 실수라도 하면 가차 없이 비판을 했다.

다른 한 상사는 '칭찬에 후한 스타일'이었다. 그는 직원들을 칭찬하는 데 인색하지 않았고, 비록 편집한 원고가 제대로 되지 않았어도 편집자와 의견을 나누고 수정할 방향을 확실하게 제시했다. 그런 다음에는 격려의 말을 잊지 않았다. "자네가 열심히 노력했다는 건 잘 알고 있어. 그렇지만 조금만 수정을 하면 분명 더 좋아질 거야. 힘내! 수고 많았어!"

어렵잖게 추측할 수 있겠지만 비난을 잘하는 상사 밑에서 일하는 부하직원들은 사기가 떨어지고 이직률이 높았다. 반면 칭찬을 잘하는 상사 밑에서 일하는 부하직원들은 단결력이 강하고 일을 해도 특별히 열심히 했다.

나는 그 경험을 마음속에 담아 두었다가 몇 년 후에 내가 부책임자가 되었을 때 적극적으로 활용했다. 비판은 사람들에게 경각심을 갖도록 해 줄지는 모르지만 소극적이게 만들기 쉽다. 반면 칭찬은 격려하는 작용을 할 뿐만 아니라 상대방이 우리의 제안을 더 쉽게 받아들이게 해 주고 자신의 문제를 기꺼이 수정하도록 해 준다.

그러나 많은 사람이 칭찬이 더 효과적이라는 사실을 깨닫지 못하는 듯싶다.

아이가 2등을 하면 칭찬을 해 주기는커녕 "왜 1등을 하지 못했니?"라고 말한다.

남편이 승진을 하면 기쁜 기색은커녕 찬물을 끼얹는다. "근데 월급은 별로 안 올랐네."

아내가 헤어스타일을 바꾸면 칭찬은커녕 일부러 "헤어스타일만 예쁘면 무슨 소용이야. 다이어트 좀 하는 게 어때?"라고 말한다.

오늘부터라도 다른 사람에게 칭찬을 해 보도록 하자. 그러면 칭찬의 힘이 상상을 초월한다는 사실을 발견하게 될 것이다.

Points to
인생에
맛이 나게 하는 생각
keep in mind

남을 비방하기는 정말 쉽다.
그러나 남을 비방한 후에 당신이 얻는 것은 과연 무엇인가?
남을 칭찬하는 것도 매우 쉽다.
칭찬은 상대방의 사기를 북돋우고 동시에 우리의 의견을 더욱 쉽게 받아들이게 해 준다.
그런데 우리는 왜 칭찬에 인색한 것일까?

47

당신의 내부사양은 어떤가요?

컴퓨터의 가치는
외부디자인이 아니라 내부사양에 따라 결정된다.
이는 사람도 마찬가지다.

어느 부자에게 외동아들이 있었다. 그 아들은 무척 영리하고 귀여운 아이라서 아버지의 사랑을 듬뿍 받고 자랐다. 그러나 아이가 자라면서 아버지는 매일같이 근심하게 되었다. 아들이 점점 돈만 밝히는 한량이 되어 갔기 때문이다.

아들은 명품이 아니면 몸에 걸치지도 않았고, 비싼 차가 아니면 타려고도 하지 않았으며, 입만 열었다 하면 돈타령만 했다. 아직 대학생이기는 했지만 생활 능력이 전혀 없어서 부모에게 손만 벌리는 청년이었다. 그는 아침부터 저녁까지 아버지에게 돈을 달라고 졸랐다.

어느 날, 아들이 컴퓨터 매장의 전단지를 가져와 그중에서 가장 비싼 기종을 가리키며 새로운 컴퓨터를 사달라고 졸랐다.

"왜 꼭 이 기종을 사려고 하는데? 가격이 280만 원이 넘잖니." 아버지는 전단지의 다른 컴퓨터를 가리키며 말했다. "봐라. 이 기종은 디자인도 더 괜찮은데 80만 원밖에 안 하잖니. 이 컴퓨터를 사는 게 어떻겠냐?"

"아빠, 디자인만 보시면 어떻게 해요?" 아들은 눈을 흘기며 말했다. "저렴한 컴퓨터는 디자인은 멋지지만 내부사양이 엉망이라고요."

"오, 그러니?" 아버지는 예리한 눈빛으로 아들을 바라보며 말했다. "그럼 너랑 똑같네?"

최근 인터넷에서 자기가 가진 물건을 자랑하는 좋지 않은 유행이 번지고 있다. 여자들은 자기가 가진 명품 가방을 자랑하기 바쁘고, 남자들은 고급 자동차를 자랑하느라 바쁘다. 심지어 어떤 사람은 돈다발을 찍은 사진을 인터넷에 올려 자랑하면서 의기양양해 한다.

아이러니하게도 이러한 사람들의 대부분은 국어교육도 제대로 받지 못한 듯하다. 맞춤법이 틀리는 건 물론이고, 적당한 어휘를

너그럽고 상냥한 태도,
그리고 무엇보다 사랑을 지닌 마음.
이것이 사람의 외모를 아름답게 하는 힘은
말할 수 없이 큰 것이다.

-블레즈 파스칼

구사하지 못하는 경우도 부지기수다.

가진 것을 자랑하고 싶어 하는 사람들만 내부사양이 불량한 것은 아닌 듯싶다. 놀랍게도 이미 사회 각 분야에서 어느 정도 높은 위치에 오른 사람들 중에도 내부사양이 불량한 경우를 종종 보게 된다.

가령 인터뷰를 하는 기자들을 살펴보자. 그들은 비록 좋은 옷을 차려입었지만 입만 열면 입고 있는 옷이 무색할 정도로 두서없고 적합하지도 않은 질문을 해댄다. 텔레비전 뉴스에서는 국제적인 정세나 큰일에 대한 뉴스는 찾아볼 수가 없고, 질릴 정도로 지루하고 쓸데없는 국내의 스캔들이나 성 추문 같은 내용이 일주일 내내 방송된다. 이렇게 제대로 된 뉴스가 없는 건 뉴스를 만드는 사람의 내부사양이 불량하기 때문이다.

타이완의 뉴스가 엉망진창이라면 텔레비전을 꺼 버리면 그만이다. 그러나 만약 법관, 변호사, 의사, 정부 공무원들의 내부사양이 불량하다면 우리 사회가 어떻게 돌아가겠는가?

우리가 살고 있는 사회의 각 영역에는 '프로정신'이 매우 중요하다.

내부사양이 불량한 사람들은 자신을 가벼운 사람으로 만들 뿐만 아니라 다른 사람도 따분하게 만들고 심지어는 부정적인 영향을 끼치기도 한다. 좀 더 심각하게 말하자면 생각의 깊이나 프로정신의 부족은 개인의 문제일 뿐만이 아니라 사회의 큰 문제이기도

하다.

　또 외모를 중시하는 사회의 분위기도 사람들이 내부사양을 충실히 하는 것보다 외양에만 치중하도록 하는 데 일조하고 있다. 그러나 내면이 아름답지 못하면 외면의 아름다움은 빛을 발하지 못한다는 사실을 누구나 경험했을 것이다.

디자인이 보기 좋은 컴퓨터라고 해도 만약 내부사양이 좋지 않으면 좋은 컴퓨터라고 할 수 없다.
이는 사람도 마찬가지다.
외모가 아름다운 사람은 표면적으로 유리할 수 있을지 모른다.
그러나 진정한 경쟁력을 발휘할 수 있는 것은 사람의 내면이다.

48

도전은 능력을 쌓게 하는
하나의 기회다

도전은 당신의 능력을 향상시키며
그러한 능력은 언젠가 유용하게 쓰이게 된다.

밥을 먹을 돈도 없을 정도로 너무나 가난한 소
년이 있었다. 어느 날, 소년의 어머니는 쓰레기 더미에서 낡은 셔
츠를 하나 주워 와서는 소년에게 말했다. "아들아, 이 셔츠를 내다
팔 방법이 있겠니? 400원 정도만 받으면 딱 좋겠구나. 그러면 오
늘 저녁은 해결할 수 있을 거야."

낡은 셔츠를 살펴보며 고민하던 소년에게 좋은 방법이 떠올랐
다. 소년은 낡은 셔츠를 깨끗하게 빨고 햇볕에 말린 다음 다림질을

했다. 그리고 그것을 근처에 사는 나이 든 남자에게 팔았다.

며칠 후, 어머니는 또 낡은 셔츠를 주워왔다. "아들아, 이 셔츠를 내다 팔 방법이 있겠니? 4,000원 정도만 받으면 참 좋겠구나."

어머니의 말에 소년은 골치가 아프기 시작했다. 누가 4,000원이나 주고 이렇게 낡은 셔츠를 산담? 소년은 반나절 동안 생각한 끝에 근처에 사는 미대생에게 셔츠를 가져가 그림을 그려달라고 부탁했다. 이렇게 개조된 셔츠는 장터에서 어느 부인에게 팔렸다.

또 며칠이 지나자 어머니는 소년에게 낡은 셔츠를 주며 말했다. "아들아, 이 셔츠를 내다 팔 방법이 있겠니? 40,000원 정도만 받으면 참 좋겠구나."

소년은 더 이상 참지 못하고 어머니에게 대들었다. "바보 같은 소리 좀 하지 마세요! 누가 이런 낡은 셔츠를 40,000원이나 주고 사요?"

"해 보지도 않고 어떻게 아니?"

소년은 어쩔 수 없이 문 앞 계단에 앉아서 방법을 생각했다. 그러다 소년은 그날 유명한 농구선수가 마을의 어느 매장에 온다는 사실을 떠올렸다. 소년은 그 매장에 가서 인파를 뚫고 낡은 셔츠에 농구선수의 사인을 받았고, 결국 소년은 사인을 받지 못한 농구선수의 팬에게 높은 가격을 받고 낡은 셔츠를 팔 수 있었다.

소년은 신이 나서 집에 돌아와 돈을 어머니에게 건네주었다. 어머니는 소년에게 물었다. "내가 왜 너한테 이런 일을 시켰는지 아니? 너는 이 일에서 무엇을 배웠니?"

"노력하기만 하면 못할 일이 없다는 거요." 소년은 대답했다.

"그래, 네 말이 맞다. 그렇지만 엄마가 바라는 건 말이지……" 어머니는 아들에게 다가와 아들을 끌어안으며 이렇게 말했다. "엄마는 네가 낡은 셔츠를 높은 가격에 팔기 위해 방법을 찾는 동안 네가 가진 잠재력을 발휘할 수 있을 거라고 생각했단다. 이 경험을 네가 영원히 기억했으면 좋겠구나."

내가 고등학생이었을 때, 학교에 웅변대회의 개최를 알리는 안내문이 붙은 적이 있었다. 그때 내 친한 친구 중 한 명이 나에게 이렇게 말했다. "나는 네가 절대 참가할 수 없다는 데 걸겠어." 친구의 말에 나는 "누가 못한다는 거야?"라고 쏘아붙이고는 충동적으로 웅변대회 참가 신청을 하고 말았다.

사실 나는 마음속으로 이 결정을 굉장히 후회했다. 그도 그럴 것이 웅변대회의 주제는 현장에서 추첨하는 방식이라 미리 준비할 수도 없어서 더욱 자신이 없었다. 게다가 많은 사람 앞에서 웅변을 하는 것은 정말 생각만 해도 다리가 후들거리는 일이었다.

그러나 눈 딱 감고 나간 대회에서 나는 생각지도 못하게 우승을 했고, 학교 대표로 지역 대회에 참가하게 되었다.

그때까지 나는 웅변대회에 참가한 적이 한 번도 없었고, 그런 경험을 할 필요도 없다고 생각하고 있었다. 어차피 내가 많은 사람

앞에서 이야기할 일은 절대 없을 텐데 그런 경험을 할 필요는 없다고 생각했던 것이다.

그러나 이런 나의 생각은 완전히 틀렸다. 내가 입사한 회사에서는 일을 할 때 부서 내에서 브리핑을 해야 했던 것이다. 그뿐만 아니라 기자가 된 후에는 취재하는 데 대화 기술이 필요했다. 글을 쓰기 시작한 다음부터는 좌담회에 참가도 해야 했다. 생각해 보면 이 모든 것이 웅변과 관계가 있었다. 이렇듯 나는 사회생활을 하면서 당시에 쌓은 경험이 유용하다는 사실을 크게 깨달았다.

사람들은 도전을 앞에 두고 자신의 한계를 정해 버리는 나쁜 습관이 있다. 일이 시작되지도 않았는데 미리 '나는 안 돼', '나는 못 해'라고 이야기하거나 심지어는 시도도 하지 않고 포기한다.

하지만 인생에서의 도전과 부담감은 우리가 능력을 쌓을 수 있게 도움을 준다. 지금 당장 이러한 능력을 사용할 데가 없다고 해서 영원히 사용할 수 없는 것은 아니다.

Points to
인생에
맛이 나게 하는 생각
keep in mind

부담과 압박을 느낄 때 '나는 못 해'라고 생각해서 싸우지도 않고 꼬리를 내리기보다 자신에게 '어디 한번 해 보자'고 말해 보는 것은 어떨까?
비록 승리의 트로피를 거머쥘 수는 없어도 '경험'이라는 값진 수확을 얻을 수 있을 것이다.

49

신앙은 사상이자 행동이다

신앙심은 몸에 걸치면
바로 신분이 상승되는 것마냥 느껴지는
명품 가방이 아니다.

　　　다년간 스님을 곁에서 보살피며 스님의 생활을
책임지고 있는 부인이 있었다. 부인은 이 소임을 맡은 것을 무척
기뻐해서 의기양양해하며 다녔다. 대단한 스님과 잘 아는 사이라
는 사실 하나만으로도 자기가 대단한 사람이라도 된 듯한 기분이
들었던 것이다.

　　스님은 이미 그러한 사실을 눈치채고 있었지만 시종일관 아무
런 말도 하지 않았다.

어느 날, 부인이 정원을 청소하고 있는데 스님을 뵙고자 하는 신도가 찾아왔다. 신도가 부인에게 스님을 지금 뵐 수 있느냐고 묻자 부인은 거만한 태도로 말했다. "스님을 뵙고 싶다고요? 제발 부탁이에요. 스님은 많이 바쁘셔서 당신을 만나 줄 시간이 없어요. 내가 그걸 어떻게 아느냐고요? 난 스님이랑 한가족이나 다름없을 정도로 아주 친한 사이니까 당연히 알다마다요."

마침 지나가던 스님이 부인의 말을 들었다.

신도가 떠난 후 스님은 천천히 부인 곁으로 다가왔다. 그러고는 정원에 누워 있는 개를 가리키며 말했다. "저 개는 여기서 태어나고 여기서 살다가 나중에는 아마 여기서 죽겠지요. 혹시 다음 생에도 여기서 태어나서 여기서 살다가 죽을지도 몰라요. 부인, 부인은 저 개가 득도했다고 생각합니까?"

"스님, 농담도 참 잘하시네요." 부인은 키득키득 웃기 시작했다. "저 개는 단지 절에 사는 것뿐이잖아요. 매일 불경을 듣긴 하겠지만 어차피 무슨 소린지도 모를 테고 수행하는 사람을 보긴 해도 개는 수행할 수 없잖아요. 그런데 어떻게 득도할 수 있겠어요?"

"아, 그런가요? 그럼 부인도 힘내세요!" 스님은 부인의 어깨를 두드린 뒤 천천히 정원을 빠져나갔다.

부인은 스님의 뒷모습을 바라보며 그 말뜻을 깨닫고는 부끄러워서 얼굴이 빨개졌다.

어떻게 살아야 옳고 훌륭한 삶인가.
말하는 것도 물론 중요하지만
그것을 실천하는 것이 더욱 중요하다.

-탈무드

"나는 불교 신자야" 혹은 "나는 기독교 신자야"라는 말을 입에 달고 사는 사람들이 있다. 그러나 막상 그들이 하는 행동을 보면 조금도 '불교 신자'나 '기독교 신자' 같지가 않다.

실제로 내가 아는 사람 중에 종교 단체의 자선활동에 열심인 부인이 한 명 있다. 그녀는 매달 큰돈을 기부하지만 가족들에게는 이상할 정도로 각박하게 구는 데다 걸핏하면 손님들 앞에서 며느리의 험담을 늘어놓곤 했다. "시집온 지 십 년이 넘었는데 어쩜 그렇게 요리 솜씨가 없나 몰라. 차라리 밖에서 사다 먹는 게 나을 정도야."

또 매주 일요일이면 교회에 가는 한 남자가 있다. 그는 매우 신실한 사람이지만 친구들 앞에서 주인이 일부러 에어컨을 고장 냈다는 둥, 걸레를 변기에 빠뜨려서 배수구가 막혔다는 둥 집주인을 모함하곤 했다.

위의 두 사례의 주인공들은 내가 직접 만난 적이 있는 사람들이다. 나는 그들을 보고 정말 안타까운 마음이 들었다. 그들은 입으로는 신도라고 이야기하면서 하루 종일 다른 사람들에게 자기가 믿는 종교를 믿으라고 열심히 권유하지만 정작 본인의 행동에는 조금도 설득력이 없었다. 오직 제품을 많이 팔 목적으로 만든 광고가 자칫하면 역효과를 내게 되는 것처럼 오히려 그들이 믿는 종교에 반감을 갖게 할 뿐이다.

이런 사람들은 자신이 종교를 믿는다고 생각하지만 사실은 그저 표면적으로 믿고 있는 척할 뿐 근본적으로 종교의 심오한 수양에 대해 전혀 이해하지 못한다. 그래서 행동이 조금도 변하지 않는 것이다. 종교를 믿든 안 믿든 변하지 않는 사람이라면 굳이 종교를 가질 필요가 있을까? 차라리 그냥 집에 가만히 앉아 있는 게 남을 도와주는 길일 것이다.

신앙심은 몸에 걸치면 바로 신분이 상승되는 것마냥 느껴지는 명품 가방이 아니다. 진정한 신앙심은 사상이자 행동이다. 그리하여 당신이 스스로를 낮추고 반성하게 만들어서 올바른 사람이 되도록 이끌어 준다.

50

진정한 사랑은 무엇일까?

그가 정말로 당신을 사랑한다면
쉽게 상처 주지 않을 것이다.
그가 당신에게 쉽게 상처를 준다면
이는 당신을 충분히 사랑하지 않기 때문이다.

남자친구와 교제한 지 5년, 그녀는 몸과 마음이
너무 지쳐 버렸다. 남자친구는 계속해서 문제를 일으키고 그녀의
마음에 상처를 주었다. 또한 밖에서 술을 마시고 도박을 하느라 빚
을 잔뜩 졌는데 그 뒤처리는 항상 그녀가 해야 했다. 게다가 싸우
면서 몇 번이나 그녀에게 손찌검을 하기도 했다.

그녀는 참다못해 몇 번 남자친구를 떠나려고도 했지만 그럴 때
마다 그는 통곡을 하며 무릎을 꿇고 사랑한다고 말한다. 그러고는

하늘을 향해 저주를 퍼붓고 자기는 분명히 다시 태어날 거라고 큰 소리친다. 그럴 때마다 그녀는 마음이 찢어질 듯 아파서 또다시 약해지고 만다.

심란해진 그녀는 바닷가를 찾아가 끝없이 펼쳐진 바다를 바라보았다. 육체는 살아 있되 마음은 이미 죽은 것이나 마찬가지였다. 그러다 자신이 서 있는 바닷가가 상당히 특이하다는 사실을 발견했다. 도처에 기암괴석이 깔려 있었고, 배의 모양을 한 돌이나 한 쌍의 신발 모양을 한 돌도 있었다.

때마침 나이 든 어부가 그녀의 곁을 지나가고 있었다. 그녀는 호기심을 누르지 못하고 어부에게 물었다. "어르신, 이 돌들은 왜 이렇게 생긴 건가요?"

"바람과 비가 빚어낸 예술품이지. 조금씩 불어오는 바람과 한 방울씩 떨어지는 비는 보기에는 아무 힘도 없는 것 같지만 천천히 암석을 침식하고 있거든." 나이 든 어부는 그녀의 얼굴에 깃든 쓸쓸함을 꿰뚫어보고는 의미심장한 말을 꺼냈다. "마치 눈물 한 방울과 고통이 결국에는 사람의 마음을 침식하는 것처럼 말이지."

이 말은 그녀 마음속 깊은 상처를 건드렸고, 그녀는 눈물을 흘렸다.

"무슨 일이 있었는지는 모르지만 문제가 있으면 곰곰이 잘 생각해 보도록 해요." 어부는 자상한 말투로 말했다. "당신의 삶에 폭풍우를 일으키는 사람, 당신의 삶에 일어나는 폭풍우를 함께 건너 줄 사람. 총명한 아가씨라면 어느 쪽을 골라야 할지 잘 알겠지?"

나는 전에 인터넷의 토론방에서 어떤 누리꾼이 도움을 청하는 글을 올린 것을 본 적이 있는데 나로서는 그 상황이 도무지 이해가 되지 않았다.

그 누리꾼은 여성으로 반년 전에 남편이 바람을 피운다는 사실을 알게 되었다고 했다. 그 후부터 두 사람 사이에는 싸움이 끊이지 않았다. 결국 그녀는 남편을 자기 곁에 붙잡아 두기 위해 너무도 황당무계한 결정을 내리고 만다. 남편의 외도 상대가 자기 집에 들어와서 셋이 함께 살기로 동의한 것이다. 이렇게 집에 들어온 외도 상대의 기세는 점점 높아져서 하늘을 찌를 정도가 되었고, 그녀는 심한 스트레스를 받아 인터넷상에 도움을 요청하게 된 것이다.

누리꾼들은 그녀에게 남편과 헤어질 것을 권했지만 그녀는 계속 '그렇지만'이라며 이야기를 질질 끌었다. 그렇지만 저는 아직 마음의 준비가 되지 않았어요, 그렇지만 저는 아직 그를 놓아줄 수 없어요, 그렇지만 저는 외도 상대인 여자가 남편을 잘 보살펴 줄지 걱정이에요 등등.

'그렇지만'이 붙은 평계가 계속 이어지지만 사실 이유는 단 한 가지였다. 그녀는 남편을 사랑하기 때문에 그가 자신을 사랑하지 않는다는 사실을 받아들일 용기가 없는 것이다.

본래 힘든 일을 피하고 즐거움을 추구하는 것은 인간의 본능이다. 그런데 감정상의 문제만은 예외다. 많은 사람이 사랑의 세계 안에서는 자기가 손해를 보더라도 그 사랑을 유지하려고 하고, 눈물을 참으면서도 아무 말도 못 한다. 그러면서 '내가 이렇게 하는 것은 그를 사랑하기 때문이야'라며 자기를 타이른다. 마치 고난이 심해지면 심해질수록 사랑이 더 강렬해지기라도 하는 것처럼 말이다.

그러나 이러한 생각은 옳지 않다. 당신을 진정으로 사랑해 주는 동시에 당신이 사랑할 가치가 있는 사람은 최소한 당신의 인생에 비바람을 일으키지 말아야 한다. 당신의 조용하고 평온한 생활에 풍파를 일으키거나 당신이 처리할 수 없는 문제를 일으키는 사람을 선택해서는 안 된다.

그가 정말로 당신을 사랑한다면 그렇게 쉽게 상처 주지 않을 것이다. 그가 항상 쉽게 당신에게 상처를 준다면 그것은 당신을 충분히 사랑하지 않기 때문이다.

사랑이란 무엇인가?
사랑한다면 최소한 자기가 사랑하는 사람에게 상처를 주지 말아야 한다.
만약 당신 곁에 있는 그 사람이 최소한의 조건조차 지키지 못한다면 아마도 당신을 충분히 사랑하지 않는 것일지도 모른다.
그렇다면 당신은 굳이 그런 사람을 위해 계속해서 자신을 괴롭힐 필요가 없다.

51

자신의 인생의 의미와 가치는
누가 결정하는가?

인생의 의미와 가치를 결정하는 사람은
다름 아닌 자기 자신이다.

끝없이 넓은 황야에 하천이 연못 주위를 구불구
불 흐르고 있었다.

하천은 밤낮없이 쉬지 않고 흘렀다. 비가 내리면 하천은 천군만
마가 내달리듯 빠르게 흘렀고, 건기가 되어도 조금이라도 앞으로
나아가기 위해 노력하며 한 번도 멈추는 법이 없었다.

연못은 끊임없이 흐르는 하천을 보고 답답하게 생각하고는 이
렇게 말했다. "이봐, 도대체 왜 그러는 거야? 나처럼 편안하게 가

만히 있으면 얼마나 좋아? 매일 새들이 지저귀는 소리도 들을 수 있고 변화무쌍한 하늘도 구경할 수 있는데 굳이 그렇게 고생스럽게 흘러갈 필요가 있어?"

하천은 웃으며 말했다. "그게 바로 너와 나의 차이야. 나는 매일매일 바쁘게 산을 넘고 물을 건너 수만 리 길을 흘러가야 바다로 나갈 수 있어. 내가 흐르는 길 주변에 사는 사람들은 내가 있어야 농작물에 물을 댈 수가 있고, 동물들은 목을 축이기 위해 나를 찾아오지. 그렇게 해야만 그들이 계속 살아갈 수가 있으니까. 식물들조차도 나를 향해 뿌리를 뻗어서 수분을 흡수해. 그렇게 해야만 무럭무럭 자라날 수 있으니까. 그게 바로 내가 존재하는 이유라고 할 수 있지."

"흥, 따분하군." 연못은 하천의 생각에 동의할 수 없었다.

얼마 지나지 않아 황야에는 몇 달 동안 계속되는 지독한 가뭄이 찾아왔고, 하늘에서는 물 한 방울도 내리지 않았다. 하천은 여전히 졸졸 흐르고 있었지만 연못은 점점 말라 가더니 결국 그곳에 연못이 존재했다는 흔적조차 남기지 못한 채 전부 사라져 버리고 말았다.

전에 우리 집 근처에 한 쌍의 커플이 살고 있었다. 두 사람은 꽤나 젊어 보였는데 하고 다니는 모습이 영락없는 게으름뱅이들 같았다.

그들은 매일 밖에서 할 일 없이 돌아다니거나 이웃 사람들 집에 놀러 다녔다. 그러다 돈이 궁해지면 어쩔 수 없이 단기 아르바이트를 찾아 생활비를 충당했다. 실제로 나는 두 사람이 부끄러운 기색도 없이 정부의 저소득계층 보조금을 받아 생활한다고 이야기하는 것을 들은 적이 있다. "정부가 주는 돈을 받을 수 있는데 왜 힘들게 고생을 해요?"

이렇게 빈둥거리는 모습을 보고 있자면 때때로 참을 수 없을 만큼 화가 났다. 우리가 사는 사회에는 분명 도움과 관심이 필요한 사람들이 있다. 그러나 그 두 사람은 결코 그런 도움을 필요로 하는 사람들이 아니라 일하기 싫어하는 식충이일 뿐이다. 국민이 낸 세금이 그런 사람들 때문에 낭비되고 있다고 생각하니 너무 아깝다는 생각이 들었다.

어느 날 오후에 커플의 여자 쪽이 우리 집의 초인종을 눌렀다. 심심해서 수다를 좀 떨러 왔다는 것이었다. 그때 나는 원고를 쓰고 있어서 바빠 죽을 지경이었기 때문에 완곡하게 거절했다. "정말 미안해요. 제가 지금 일 때문에 많이 바빠서요, 이야기를 나누기에 썩 좋은 때는 아닌 것 같네요."

그러자 그 여자는 나에게 물었다. "많이 바쁘신가 봐요. 그렇게 하루 종일 일하세요?"

"그래요."

"그러면 정말……" 그녀는 동정 어린 시선을 나에게 던지면서 말했다. "그러면 인생에 아무런 의미가 없다는 생각이 들지 않나요?"

그녀의 말을 듣는 순간 머리끝까지 화가 치밀어서 그녀를 빗자루로 쓸어 버리고 싶은 심정이었지만 간신히 참았다.

서둘러 그녀를 돌려보내고 나서도 나는 여전히 화가 가시지 않았다. 내가 도대체 왜 저런 사람한테 인생에 의미가 없지 않느냐는 그런 말을 들어야 하는 건지, 나는 오히려 그녀에게 이렇게 반문하고 싶었다. "그럼 매일매일 하는 일 없이 빈둥거리는 인생은 무슨 의미가 있나요?"

그러나 마음을 가라앉히고 나서 보니 그렇게까지 화를 낼 필요는 없을 것 같은 느낌이 들었다. 분명 그 사람과 나는 인생에 대한 생각과 삶의 목표가 근본적으로 다른 것이다.

나는 내 일을 사랑한다. 일은 나에게 생계를 유지하는 도구일 뿐만 아니라 기쁨의 원천이기도 하다. 이러한 생각을 아마 그녀는 평생 이해할 수 없을 것이다. 바쁘게 일하는 인생이 아무런 의미가 없다고 이야기할 정도니 말이다.

다른 각도에서 생각해 보니 나는 그녀가 좀 애처로웠다. 우리는 짧다면 짧다고 할 수 있는 몇십 년 동안 이 세상을 살아가면서, 열심히 노력하며 하루를 보낼 수도 있고 멍하니 하루를 보낼 수도 있다. 단지 하루만으로는 큰 차이가 없겠지만 그것이 계속 반복되고 매일매일 빈둥거리다 보면 인생이 허무하게 사라져 갈 것이다.

'인생의 의미는 도대체 무엇인가?' 이 문제는 옛날부터 내려오

그대의 인생을 사랑하는가? 그렇다면 시간을 낭비하지 말라.
왜냐하면 시간은 인생을 구성하는 재료니까.
똑같이 출발했는데 세월이 지난 뒤에 보면 어떤 사람은 뛰어나고
어떤 사람은 낙오자가 되어 있다.
이 두 사람의 거리는 좀처럼 접근할 수 없는 것이 되어 버렸다.
이것은 하루하루 주어진 시간을 잘 이용했느냐
이용하지 않고 허송세월을 보냈느냐에 달려 있다.

-벤저민 프랭클린

는 인류의 커다란 숙제다. 그러나 우리에게 이 문제의 답을 가르쳐 주는 사람이나 인생의 의미와 가치를 알려 주는 사람은 아무도 없다. 인생의 의미와 가치를 결정하는 사람은 다름 아닌 자기 자신이다.

Points to
인생에
맛이 나게 하는 생각
keep in mind

하루 이틀 정도는 빈둥거리며 보내도 괜찮다.
그렇지만 계속 빈둥거리며 산다면 당신의 인생은 자신도
깨닫지 못하는 사이에 훌쩍 지나가 버릴 것이다.
한 번 왔다 가는 이 세상에 당신은 어떤 흔적을 남기고 싶은가?
이 문제에 대한 답은 오직 당신만이 알고 있다.

52

전화위복의 비결

노력하지 않으면 살기 힘들다.
그러나 노력할 줄만 알고 융통성이 없으면
더 살기 힘들다.

장사가 잘 안 되는 극장이 있었다. 극장의 사장은 장사가 너무 안 돼서 비용을 절감할 방법을 여러 가지로 궁리했다. 그러나 찾아오는 손님은 날이 갈수록 줄어들기만 했다.

그러던 중 인턴 직원이 한 가지 제안을 했다. "사장님, 손님들에게 영화 티켓 한 장당 땅콩 한 봉지를 서비스로 제공하면 어떨까요?"

"이 바보야!" 사장은 인턴 직원에게 화를 냈다. "극장이 다 망해

가는 마당에 땅콩을 살 돈이 어디 있냐?"

"어차피 망해 가는 거면 한번 시도해 보시는 게 좋지 않을까요?"라고 인턴 직원이 대꾸했다.

사장이 곰곰이 생각해 보니 인턴 직원의 말이 맞는 것도 같았다. 어차피 얼마 안 가서 망할 텐데 한번 시도해 보는 것도 괜찮겠다는 생각이 들었다. 비록 인턴 직원이 말한 방법이 바보 같다는 생각을 떨칠 수 없었지만 말이다.

그러나 신기한 일이 일어났다. 손님들에게 땅콩을 나누어 준 다음부터 극장의 수입은 날이 갈수록 늘어나기 시작한 것이다. 이제 극장은 더 이상 수지가 맞지 않는 장사가 아니었고, 어느새 이익도 남게 되었다.

이에 놀란 사장은 장부를 자세히 조사하다가 극장에서 가장 먼저 기사회생한 곳이 매점이라는 예상치 못한 사실을 발견했다.

사정은 다음과 같았다. 무료로 나누어 주는 땅콩을 받은 손님들은 함께 즐길 음료수를 사게 되었다. 그리고 땅콩을 다 먹고 나서는 뭔가 모자란 듯한 기분이 들어 매점에 가서 핫도그나 팝콘 등을 구입하게 된 것이다.

재미있는 영화를 보면서 배부르게 간식을 즐긴 관객들은 당연히 기분이 좋을 수밖에 없고, 때문에 다시 극장을 찾게 된 것이다.

인턴 직원의 지혜에 감탄한 사장은 그를 승진시키고 월급을 올려 주기로 결정했다.

장사가 잘 안 되면 사람들은 일반적으로 경비를 절감할 생각을 하게 된다. 그러나 이야기 속의 인턴 직원은 역으로 생각했다. 이것이 바로 '융통성'이다.

기자 생활을 할 때 나는 타이완의 최고 기업가를 취재한 적이 있었다. 그 기업가가 말하길, 자신의 성공 비결은 사실 두 단어로 압축할 수 있다고 했는데 그것은 바로 '노력'과 '융통성'이었다. 성공의 비결이 노력이라는 것은 쉽게 이해가 가지만 '융통성'은 도대체 성공과 어떤 관계가 있을까?

그 기업가는 다음과 같이 말했다. "노력하지 않는 사람은 살아가기 힘들죠. 그렇지만 그보다 더 살기 힘든 사람은 노력만 알고 융통성을 모르는 사람입니다."

그는 다음과 같은 예를 들어 설명했다. 만약 업무에 닥치는 시련을 높은 벽에 비유해 보자. 노력만 알고 융통성을 모르는 사람은 벽을 넘어뜨리기 위해 그저 죽을힘을 다해 머리를 벽에 부딪친다고 했다. 그러나 그런 단순한 방법으로는 벽을 넘어뜨릴 수 없다.

융통성을 아는 사람은 방식을 바꿔서 이 길이 안 되면 다른 길을 선택한다. 이렇게 하면 시간을 절약할 수 있을 뿐만 아니라 효율적으로 목적지에 도달할 수 있다.

이는 우리 인생에서도 마찬가지다.

전에 내가 만난 사람 중에 자기 소유의 집을 사는 것이 평생의 소원인 젊은이가 있었다.

꿈을 이루기 위해 그는 이른 새벽부터 신문 배달을 하고, 낮에는 패스트푸드점에서 아르바이트를 하며 열심히 일했다. 심지어는 밤에 식당에서 설거지를 하기도 했다. 그는 하루에 열네 시간 넘게 일을 하면서 휴일을 희생했고 자신의 건강까지 바쳤다.

이렇게 수년간 죽을힘을 다해 고생한 끝에 그는 가까스로 큰돈을 모을 수 있었지만 이미 집값은 그가 예상했던 것보다 엄청나게 올라 버린 후였다. 결국 그는 집을 살 수 없었다.

그나마 다행인 것은 그가 낙담한 와중에도 여전히 침착함을 유지하고 있었다는 사실이다. 그는 방법을 바꾸기로 했다.

자신의 돈 버는 방식을 다시 한번 검토해 본 그는 전문적인 기술이 부족한 것이 자신의 가장 큰 문제라는 사실을 발견했다.

그때부터 그는 학원에서 공부를 하며 전문적인 기술을 습득한 끝에 에어컨 설치 기사가 되었다. 근무시간은 이전보다 훨씬 줄었지만 벌이는 훨씬 괜찮았다. 그렇게 열심히 일한 결과, 그는 자기 집을 마련할 수 있었다.

열심히 앞만 보며 뛰어가면 비록 속도는 빠를지 몰라도 가장 효과적인 방법이라고는 할 수 없다. 우리는 앞을 보고 달려가기 위해 노력하면서도 적절한 시기에 발걸음을 멈추는 것도 잊지 말아야 한다. 잠시 발걸음을 멈추고 지금까지 걸어온 길을 살펴보면서 자신의 방향을 조정해야 한다. 때로는 버스에 올라탈 기회가 찾아와 한 번에 쉽게 목적지에 도달할 수도 있다. 만약 노력을 해도 당신이 꿈을 이루지 못했다면 그것은 아마도 방법을 바꿀 필요가 있음을 의미하는 것일지도 모른다.

목표를 달성하기 위해서는 노력이 매우 중요하다.
　　그러나 노력만 알고 융통성이 없으면 우리는 목표를 이루기도 전에 지쳐 버릴 수도 있다.
성공으로 가는 길은 단 하나가 아니다.
우리는 만약 이 길이 통하지 않으면 다른 길을 선택하는 방법도 있다는 사실을 알아야 한다.

53

상대방의 입장이 돼서 생각하라

말을 하지 말아야 할 때는
될 수 있는 한 말을 줄이고,
말을 해야 할 때는
좀 더 완곡하게 말하도록 하라.

큰 인기를 얻은 추리소설가가 있었다. 그의 작품
은 이미 몇 년이나 대형서점의 베스트셀러 1위를 차지하고 있었
다. 어느 날, 소설가를 방문한 기자가 이렇게 물었다. "선생님께서
는 정말 멋진 추리소설을 쓰셨는데요, 그 비결은 과연 무엇인가
요?"

소설가는 웃으며 오히려 되물었다. "한번 맞춰 보시겠어요?"

"혹시 진짜로 일어난 형사 사건을 연구하고 계신가요? 아니면

경찰 쪽에 인맥이 많으신가요?" 기자는 말했다.

"사실 그렇게 복잡하지 않습니다. 저의 비결은 단 하나지요." 작가는 다음과 같이 말했다. "그건 바로 작품을 다 쓴 후에 나 자신이 작가라는 사실을 잊는 것입니다."

"그게 무슨 뜻인가요?"

"작품을 완성한 후, 저는 제 작품의 첫 번째 독자가 되어 소설을 읽습니다." 이어서 작가는 이렇게 말했다. "제가 보기에도 재미가 없는데 어떻게 다른 사람들이 재미있다고 생각하기를 바랄 수 있겠습니까?"

같이 일하는 동료와 관계가 좋지 않다고 나에게 줄곧 푸념을 늘어놓는 한 친구가 있었다. 서로 마주치면 으르렁대는 사이까지는 아니었지만 자기도 모르게 그녀를 피하게 된다는 것이다. 퇴근 후 동료들끼리 모일 때도 그녀에게 같이 가자고 청하는 사람은 아무도 없다고 했다.

친구는 몇 년간 그 동료와 알고 지내면서 무엇이 문제인지 대충 알게 되었다. 그 동료는 좋은 사람이기는 하지만 자기 의견을 너무 솔직하게 말하는 게 흠이었다.

예를 들어 오랜만에 친구들을 만난 자리에서 그녀는 "어머나! 너 왜 이렇게 살이 쪘니? 다이어트 좀 해야겠다!" 아니면 "너 머리 했니? 하다가 망쳤구나? 전에 헤어스타일이 훨씬 낫다, 얘"라고 수

사람은 서로의 입장과 처지를
바꿔 생각해야 한다.

－공자

다스럽게 이야기하는 타입이었던 것이다.

그녀는 인터넷 동호회 활동을 할 때도 남들 눈에 거슬리는 타입이었다. 한번은 누군가 야식으로 치킨을 먹는 사진을 올렸는데 다른 사람들은 대부분 "정말 맛있어 보여요", "어디서 파는 거예요?" 라는 등의 댓글을 단 반면, 그녀는 "치킨 너무 많이 드시지 마세요. 너무 많이 먹으면 암에 걸려요!"라는 댓글을 달았다. 누군가 포동포동하게 귀여운 아이의 사진을 올리면 모두 이구동성으로 아이가 귀엽다고 칭찬을 하는데 그녀는 오히려 "아이가 너무 뚱뚱하네요. 아이를 그렇게 뚱뚱하게 키우면 건강에 좋지 않아요!"라고 댓글을 달았다.

기름에 튀긴 음식을 먹으면 나쁜 병에 걸린다는 사실과 뚱뚱하면 건강에 좋지 않다는 사실을 다 큰 어른이 모를 리가 있을까? 그런데도 굳이 그걸 콕 찍어서 이야기해야 할까? 그녀의 말은 친구들에 대한 그녀의 애정과 관심을 나타내기는커녕 오히려 반감만 샀다.

그녀는 입장을 바꾸어 생각하는 법을 잊은 건지도 모르겠다. 만약 그녀가 상대방이라면 그러한 말을 듣고 어떻게 느낄까?

마찬가지로 작가 자신조차도 재미있다고 생각되지 않는 소설을 독자들이 어떻게 재미있다고 느낄 수 있을까? 우리 입에서 나오는 말이 자기 자신조차도 듣기 좋은 말이 아니라면 과연 다른 사람들에게 기분 좋게 들릴까?

나는 우리가 위선적인 사람처럼 사사건건 진실한 생각을 감추고 그럴듯하게 말하는 편이 좋다고 이야기하는 것이 아니다. 말을 하지 말아야 할 때는 될 수 있는 한 말을 줄이고, 말을 해야 할 때는 좀 더 완곡하게 하라는 의미다.

"자기가 싫은 것은 남에게 강요하지 마라"는 말이 있다.
이는 원만한 인간관계를 유지하기 위한 최고의 방법이라 할 수 있다.
상대방의 입장에서 생각해 보려고 노력하면, 우리는 상대방에게 어떤 말을 해야 할지 자연스럽게 알게 될 것이다.

54

진짜 문제는
우리가 머리를 쓰지 않는다는 것이다

머리를 쓰면 곤란한 문제가 간단해지고,
간단한 문제는 아무런 문제도 되지 않는다.

자신이 바보 같다고 생각하는 남자가 있었다. 그
는 자신을 똑똑하게 만들어 줄 방법을 가르쳐 주기를 바라는 마음
에 의사를 찾아갔다.

그러나 공교롭게도 그가 찾아간 의사는 돈벌이에만 급급한 몹
쓸 의사였다. 그 의사에게 남자는 스스로 덫을 향해 돌진하는 사냥
감이나 다름없었다. 의사는 남자를 만나자마자 반가운 목소리로
이렇게 말했다. "와! 당신은 정말 운이 좋으시군요!"

"네? 무슨 말씀이세요?" 남자는 바로 의사의 덫에 걸려들었다.

남자가 걸려들었다고 확신한 의사는 신이 나서 설명하기 시작했다. "저희 병원에는 막 해외에서 들여온 아이큐를 높여주는 묘약이 있습니다. 너무 인기가 좋아서 곧 품절될 것 같아요. 그런데 가격이 그다지 싼 편이 아니라서 말이죠."

의사의 말을 들은 남자는 얼른 대답했다. "살게요, 제가 살게요! 아무리 비싸도 반드시 사겠습니다!"

그리하여 남자는 큰돈을 지불하고 묘약을 받아서 매일 정해진 시간에 복용했다.

남자가 약을 받아간 지 한 달이 지났다. 한 달 동안 복용했지만 그다지 뚜렷한 약효가 없다고 느낀 남자는 병원에 가서 의사에게 말했다. "선생님, 제가 별로 똑똑해진 걸 못 느끼겠는데……."

"한 달간 더 드시면 분명히 효과가 있을 겁니다!" 의사가 자신 있게 대답했다.

남자는 순순히 한 달 치 묘약을 구입했다. 그러나 약을 다 먹었는데도 여전히 별다른 효과가 없었다.

의사는 또 말했다. "한 달간 더 드시면 분명 효과가 있을 겁니다!"

약을 먹은 지 삼 개월 째. 남자는 더 이상 참을 수가 없었다. "선생님, 계속해서 한 달만 더 먹으면 효과가 있을 거라고만 말씀하시는데 저는 조금도 똑똑해지지 않았어요. 혹시 저한테 가짜 약을 주신 건 아니겠지요!"

의사는 기쁜 듯이 박수를 치며 말했다. "효과가 없긴 왜 없어요! 그게 바로 당신이 똑똑해진 증거예요!"

앞의 이야기는 물론 웃자고 지어낸 이야기다. 하지만 우리에게 아주 중요한 사실을 가르쳐 준다. 대부분의 문제는 문제 자체가 아니라 우리가 머리를 쓰려고 하지 않는다는 데 있다.

나에겐 대학생 때부터 앓고 있는 고질병이 있다. 바로 어깨의 통증인데 힘을 주지 않아도 쑤시고 아프고, 심할 때는 편두통까지 일어난다.

결국 참다못해 병원에 가서 진찰을 받았는데 의사 선생님은 긴장해서 나도 모르게 어깨에 힘이 들어가는 현상이 장기간 지속되어서 어깨 부근의 근육에 심각한 염증을 일으켰을 가능성이 있다고 말했다.

의사 선생님은 나에게 소염제를 처방해 주었다. 그 약을 먹으면 확실히 통증이 가시기는 했지만 잠깐뿐이었고 약효가 떨어지면 다시 아프기 시작했다. 그렇다면 나는 평생 동안 소염제를 먹으며 살아야 한단 말인가?

결국 나는 약 먹는 것을 포기하고 어쩔 수 없이 어깨의 통증을 참으며 지냈다.

그런데 졸업하고 편집자가 되자 매일같이 원고 마감의 압박에 시달리고 장시간 컴퓨터를 사용하게 되었다. 그러다 보니 어깨의 통증이 재발했고 손도 들어 올릴 수 없을 정도로 심해졌다.

어떻게 하지? 나는 이리저리 생각을 하다가 예전에 진찰을 받았을 때 의사가 한 말을 떠올렸고, 이내 엄청난 사실을 깨달았다. 의사는 나도 모르게 어깨에 힘이 들어가기 때문에 아프게 된 거라고 하지 않았던가? 그렇다면 약을 먹을 게 아니라 그 습관을 고치면 되지 않을까?

그래서 나는 의식적으로 긴장을 풀기 시작했고, 근육을 이완시키기 위해 요가를 배우러 다녔다. 그리고 몇 개월 후, 신기하게도 오랫동안 나를 괴롭히던 고통에서 벗어날 수 있었다. 지금도 나는 어깨가 조금 아프다고 생각되면 바로 시간을 내서 운동을 한다. 그러면 약을 먹지 않아도 저절로 통증이 가신다.

알고 보니 의사는 훨씬 전에 나에게 어깨의 통증을 없앨 수 있는 비결을 가르쳐 준 것이었다. 단지 내가 귀담아듣지 않아서 그 방법을 사용할 생각을 못했던 것뿐이다.

마찬가지로 우리가 살아가다 문제를 만났을 때, 긴장해서 문제를 해결하려고 덤비기보다는 우선 마음을 편안히 가지고 문제의 난점이 어디인지 차근차근 살펴보는 방법이 훨씬 낫다.

이 문제는 도대체 왜 발생했는가? 나는 어떻게 개선할 수 있을 것인가? 지금 사용하고 있는 방법 외에 다른 방법은 없을까?

그래서 납득하게 되면 곤란한 문제가 간단해지고 간단한 문제

는 아무런 문제도 되지 않는다. 무엇보다도 '많이 생각하는 것'이
중요하다.

인생에서 돌발적인 문제가 발생했을 때 사람들은 평정심
을 잃고 걱정하며 쉽게 긴장한다.
그러나 이러한 마음가짐은 아무런 도움이 되지 않는다.
오히려 자신을 더 심각한 위기에 빠지게 만들 뿐이다. 마음을 가라앉히
고 지혜를 발휘해 생각하도록 시시각각 자신을 일깨우자.
당면한 문제를 분석한 다음 비교적 양호한 해결 방법을 찾아내고 보면,
사실 대부분의 문제는 그다지 해결하기 어렵지 않다.

55
· · ·

나 자신을 위해서
더욱 엄격해질 필요가 있다

자기 자신에게 너무 너그러우면 이로울 게 하나도 없다.
오히려 자신에게 해가 된다.

위조지폐를 제조한 혐의로 경찰에 체포되어 법
원으로 이송된 남자가 있었다.

그는 절도, 사기 등 다양한 전과를 가진 상습범이었다. 위조지
폐 건을 심의하던 재판관은 이미 그를 하도 많이 봐왔던 터라 이
번에도 이송되어온 그를 단번에 알아보았다.

재판관은 화가 나서 물었다. "당신 이번에는 왜 위조지폐를 만
들었나?"

"진짜 지폐를 만들 수가 없으니까요." 남자는 아주 떳떳하게 대답했다.

"말도 안 되는 소리를 하는군! 이번에는 당신에게 가중 판결을 내리겠소." 재판관은 여기까지 말한 다음 한 마디 덧붙였다. "이번에 형을 살고 나오면 반드시 착한 사람이 되시오. 당신의 얼굴을 다시는 보고 싶지 않소."

그러자 남자는 의아한 표정으로 물었다. "왜요? 재판관님 은퇴하시나요?"

내가 아는 사람 중에 만화가가 한 사람 있는데 그는 재능이 매우 뛰어나고 그림 실력이 대단해서 항상 같은 업계 사람들에게 부러움과 질투 어린 시선을 받았다.

좋은 인연이 닿았는지 그와 나의 합작을 제안한 사람이 있었다. 내가 줄거리를 고안하고 그가 그림을 그려서 함께 만화를 연재하는 것이었다.

우리는 긴 시간 동안 대체적인 이야기에 대해 의견을 나누고 인물을 설정했다. 그 뒤 나는 신이 나서 스스로도 만족스러운 줄거리를 썼다.

그러나 결국 그와 나의 합작은 성공하지 못했다.

원인은 그의 게으름 때문이었다. 그는 분명 천재적인 만화가이지만 원고를 제출해야 할 때가 다가오면 이렇게 말했다. "내가 최

성공하지 못한 사람의 공통점은 게으름에 있다.
게으름은 인간을 패배하게 만드는 주범이다.
성공하려거든 먼저 게으름을 극복해야 한다.

- 알베르 카뮈

근에 집을 사서요, 좀 바빠요. 며칠 후에 원고를 제출하도록 하죠."
어떤 때는 "얼마 전에 아들이 병이 나서요, 좀 바빠요. 며칠 후에
원고를 드릴게요"라고 말하기도 하고, 나중에는 아예 자기가 몸이
좀 안 좋아서 오랜 시간 앉아서 만화를 그릴 수 없다고 했다.

그럼 도대체 언제 완성을 할 거냐고 묻자 늘 듣던 익숙한 대답
이 돌아왔다. "며칠만 시간을 좀 주세요."

그 후 마감일이 한참 지났는데도 제출하겠다던 원고는 여전히
건네받지 못했다. 이쯤 되니 합작 건을 진행하던 사람은 그가 말했
던 이유들이 전부 핑곗거리에 불과하다는 사실을 마침내 깨닫게
되었다.

그는 갖가지 핑계를 대서 다른 사람을 속이고 결국 자기 자신을
속였다. 그리고 게으른 자신을 정당화시키기 위해 계속 핑곗거리
를 찾았다.

곰곰이 생각해 보니 그는 벌써 마흔이 넘었는데도 불구하고 아
직도 이렇다 할 대표작이 없다는 사실이 떠올랐다. 그럴 만도 하
다. 계속되는 핑계는 그에게서 재능을 꽃피울 기회를 하나하나 앗
아갔고, 다른 사람의 신임을 잃게 만든 것이다.

상황이 이렇게까지 되면 가장 큰 피해자는 다른 사람이 아닌 바
로 그 자신이다.

솔직히 자신을 채찍질하는 것에 비교하면 핑곗거리를 찾기는
훨씬 쉽다.

집에서 부모에게 빌붙어 사는 젊은이들은 이야기한다. "일을 하기 싫다는 게 아니에요! 지금 다니는 직장이 월급은 적게 주면서 일을 많이 시키는 게 문제지요!"

약물중독인 사람들은 이렇게 핑계를 댄다. "약을 끊고 싶지 않은 게 아니에요! 친구가 억지로 권해서 끊지 못하고 있는 것뿐이라고요!"

도둑질하는 사람들은 이야기한다. "저도 도둑질은 하고 싶지 않아요! 그렇지만 정말 돈이 한 푼도 없어요!"

어쩌면 우리도 자기도 모르는 사이에 자신에게 유리한 핑계를 찾고 있는지도 모른다.

누군가는 상사가 중요한 일을 맡겼을 때 이렇게 핑계를 댄다. "제가 하기 싫어서 그러는 게 아니라요, 누구누구는 비교적 한가한 것 같은데 왜 굳이 저한테 맡기십니까?"

누군가는 체중이 너무 많이 나가서 건강에 위협이 되고 있다는 사실을 알면서도 이렇게 이야기한다. "저도 운동을 하고 싶어요! 그런데 정말 너무 시간이 없어서요."

이런 '핑계'가 잠깐은 눈앞의 책임과 부담에서 벗어나게 해 줄지도 모르지만, 이는 아무런 의미가 없다. 자기 자신에게도 실질적으로 좋은 점이 없을뿐더러 스스로 깨닫지도 못하는 사이에 현실에서 도태되어 버리고 말 것이기 때문이다.

'자기 자신에게 잘 대하라'는 것은 결코 무조건 자신에게 관용을 베풀라는 이야기가 아니다. 때로는 자신에게 엄격하게 대하는 것이 진정으로 나 자신을 위한 것인 경우가 있다.

Points to
인생에
맛이 나게 하는 생각
keep in mind

'핑계'는 잠시 눈앞의, 책임과 부담을 벗어나게 해 줄지도 모른다.

그러나 장기적인 관점에서 보면 핑계를 찾기 좋아하는 사람은 결국 자기 자신을 드러낼 기회를 잃게 되고, 심지어는 주위 사람들의 신임을 잃는다.

핑계는 아무런 도움이 되지 않을뿐더러 오히려 실력 발휘나 자아의 성장을 방해한다.

좀 더 책임감을 가지고 '핑계'를 우리 삶에서 쫓아버리도록 하자.

56

좌절은 우리의 의지를
단련할 수 있는 좋은 기회다

우리의 삶에 찾아오는 좌절은
'마음의 아령'이라고 할 수 있다.
마음의 아령은 우리의 의지를 단련시키고,
더욱 성숙한 사람으로 만들어 준다.

의지를 잃고 항상 의기소침하게 살고 있는 한
젊은이가 있었다. 목적지도 없이 고개를 숙이고 터벅터벅 걸어가
던 그는 자동차에 '픽'하고 부딪히고 말았다.

다행히도 자동차의 속도가 빠르지 않아서 젊은이의 부상도 심
각하지는 않았다. 단지 오른쪽 다리가 골절되었을 뿐이다. 병원에
입원해 있는 동안 그의 할아버지는 매일같이 병문안을 왔다.

그렇게 두 달간을 병원 침대에서 보내고 드디어 깁스를 떼어낼

날이 되었다. 그러나 석고를 뜯어낸 자신의 다리를 본 젊은이는 깜짝 놀랐다. 비록 완전히 다 낫기는 했지만 오른쪽 다리가 가늘고 창백해져서 튼튼하고 까무잡잡한 왼쪽 다리와 극명한 대조를 이루었던 것이다.

"으악! 다리가 왜 이런 거예요?" 젊은이가 놀라서 물었다.

"걱정하지 마라. 의사 선생님이 그러시는데 퇴원한 후에 열심히 운동만 하면 된다고 하시더라. 운동으로 근육을 단련시키면 금방 원래의 모양으로 돌아온대." 할아버지가 이야기했다.

젊은이는 할아버지의 말을 듣고 나서야 간신히 마음을 놓고 고개를 끄덕였다.

"애야, 다리의 근육은 오랫동안 쓰지 않으면 금방 위축되지만 단련하면 다시 발달하게 되어 있다." 할아버지는 손자의 손을 잡고 미소를 지으며 말했다. "그건 우리의 마음도 마찬가지란다. 잊지 말거라."

나는 얼마 전부터 걸핏하면 허리가 시큰거리고 등이 아파서 병원을 찾아갔다. 의사 선생님은 컴퓨터 앞에 너무 오래 앉아 있기 때문이라고 하면서 운동을 많이 하고 근력 트레이닝으로 근육의 힘을 키우면 괜찮아질 거라고 했다.

나는 의사 선생님의 권유에 따라 아령 운동을 시작했는데 사실 처음 시작했을 때는 정말 힘들었다. 몇 번 들어 올리지도 않았는데

두 팔과 등이 후들후들 떨릴 정도로 아팠고, 그다음 날에는 전신이 쑤셔서 몇 번 들지도 못하고 바로 포기했다. 그러나 일주일, 이주일 그리고 한 달, 두 달이 지나자 근육의 힘이 강해져서 점점 편안하게 운동을 할 수 있었다. 전에는 들지 못했던 무게도 지금은 전혀 문제가 되지 않는다.

우리 몸의 근육이 발달하는 과정은 다음과 같다. 강도 높은 운동을 통해서 원래 근육의 섬유질이 파괴되면 몸은 놀라서 깨어난다. "앗! 이 부분의 근육은 충분히 사용하지 않았으니 더욱 발달시켜야겠다." 적당한 휴식 후 근육의 섬유는 다시 회복되고 전보다 더 강해진다. 간단하게 이야기하면 근육의 파괴, 재생, 발달의 과정이 반복되는 것이다.

이는 우리의 마음도 마찬가지다. 우리가 원하는 용기, 강인한 마음, 독립적인 정신 등은 훈련을 통해서 더욱 강해진다. 따라서 계속되는 좌절은 우리 자아를 단련시킬 수 있는 좋은 기회다.

이런 관점에서 볼 때 마음을 단련시킬 기회가 없었던 사람은 사실 매우 불쌍한 존재라고 할 수 있다. 내가 얼마 전에 들은 이야기를 하나 하겠다. 어떤 고등학생 소녀의 이야기인데 가정환경이 무척 유복해서 어릴 때부터 모자랄 것 없는 생활을 해 왔고, 원하는 것은 부모가 무엇이든지 들어주었다고 한다.

그런데 어느 날 그 소녀가 너무나도 무서운 일을 저질렀다. 자신의 어머니를 폭행하고 방문을 잠근 채로 방안에서 자살을 시도

한 것이다. 다행히 구급대원이 출동해서 방문을 부수고 소녀를 구해냄으로써 황당한 사건은 마무리되었다.

도대체 소녀는 무슨 이유로 히스테리를 일으킨 것일까? 알고 보니 어머니가 명품 가방을 사 주지 않았다는 이유만으로 그런 일을 저질렀다고 한다.

누군가는 이러한 소녀를 매우 괘씸하다고 생각할지도 모른다. 그러나 바꿔서 생각해 보면 소녀가 매우 불쌍하다는 생각도 든다. 소녀는 지금까지 살면서 거절을 당해 본 적이 거의 없었고, 그렇기 때문에 거절을 당했을 때 어떤 반응을 보여야 하는지를 몰랐던 것이다. 게다가 자신의 기분을 통제하지 못해서 자신도 모르는 사이에 수습이 안 될 정도로 감정이 분출되고 만 것이다.

그러므로 우리의 삶에 찾아오는 좌절에 감사하는 마음을 갖도록 해 보자. 뜻대로 되지 않는 상황은 사실 마음의 아령이라고 할 수 있다. 마음의 아령은 우리의 의지를 단련시키고, 더욱 성숙하고 원만한 사람으로 만들어 준다.

근육이 단련을 통해서 더욱 튼튼해지는 것처럼 우리의 마음도 단련을 통해 더욱 강해진다.
우리의 삶에 찾아오는 좌절은 우리에게 배움의 기회를 준다.

57

당신이 이해하지 못한다고 해서
틀린 것은 아니다

'포용'은 충돌과 대립을 해결할 수 있는
유일한 해결책이다.

　　　　　세상을 여기저기 돌아다니며 불교를 전파하는
스님이 있었다. 그가 가는 곳에는 항상 불교의 가르침을 청하러 많
은 사람이 몰려들었다.

　자기가 똑똑하다고 자만하는 남자가 있었다. 그는 스님이 가는
곳마다 사람들이 몰려드는 것을 보고 코웃음을 쳤다. 그는 스님
앞에서 손가락질하며 버릇없이 이렇게 말했다. "세상에 부처님이
나 신이 어디 있소? 당신들 중 누가 직접 본 사람이라도 있단 말이

오? 당신들처럼 불교를 믿는 사람들은 정말 바보요."

남자의 말은 군중의 분노를 일으켰다. 어떤 사람은 그에게 꺼지라고 소리쳤고, 어떤 사람은 그를 때리려고 했다.

그러자 스님은 사람들에게 조용히 하라고 했다. 스님은 남자가 꿈쩍도 않고 서 있는 모습을 보고도 여전히 인자한 표정을 짓고 있었다.

이어서 스님이 입을 열어 남자에게 물었다. "당신은 아인슈타인이 누군지 압니까?"

남자는 스님이 왜 밑도 끝도 없이 갑자기 그런 질문을 하는지 이해하지 못했지만 의연하게 대답했다. "당연히 알고 있소!"

"그렇다면 당신은 아인슈타인의 '상대성이론'을 믿습니까?"

"당연히 믿소!"

"그렇다면 당신은 '상대성이론'을 이해하고 있습니까?"

"그건……." 남자는 말을 잇지 못했다.

"당신이 이해하지 못한다고 해서 그것이 틀린 것은 아닙니다." 스님은 웃으면서 말했다. "'상대성이론'도 그러한데 신앙도 마찬가지 아닐까요?"

이 이야기처럼 당신이 이해하지 못한다고 해서 그것이 틀린 것은 아니다. 몇백 년 전에 사람들은 지구가 우주의 중심이라고 믿었고 지구는 편평하다고 주장했다. 당시에 '지구는 둥글다'고 주장한

우리는 모든 사람이 불완전하기 때문에 사랑한다.
사람이 완전치 못한 것은 이미 하늘이 정한 일이다.
그러므로 인간 생활에 공통적으로 적용되는 원칙은
각기 노력해야 한다는 점이다. 그리고 남에게 관대해야 한다.
완전이란 오로지 신에게만 있는 것이며,
사람은 그에게 가까이 갈 수 있을 뿐이다.

-존 러스킨

과학자들도 있었지만, 그들은 심한 처벌을 받았다. 지금에 와서야 고대인들의 생각이 우습게 느껴지겠지만, 막상 고대인들이 보면 현대의 과학이론이 더 우습게 느껴질 수도 있다.

우리는 때로 이해할 수 없는 새로운 개념이나 생각에 대해 듣는 경우가 있다. 이때 우리는 자신이 이해하지 못하는 것뿐인데 오히려 애써 부정하고 상대방을 질책한다. "당신 생각은 나와 다르니 당신이 틀린 거야." 이것이 바로 사람의 맹점이다.

'좋은 며느리'란 결혼 후에 직장을 그만두고 육아와 가정에만 전념하는 사람이라고 생각하는 부인이 있었다. 부인은 며느리가 말을 듣지 않으면 매우 화를 내고 불효막심한 며느리라고 흉을 보았다. 집안에 돈이 부족한 것도 아닌데 말을 안 듣고 굳이 나가서 일을 한다고 말이다. 이렇듯 부인은 며느리의 생각을 이해하지 못했지만, 며느리는 매우 재능이 있는 사람이었고 누구보다 열심히 일했다. 그 며느리가 일을 하는 건 돈을 벌기 위해서가 아닌 자신의 성취감을 위해서였다.

어떤 사람들은 학교에 학생이 충분치 않으면 국민의 세금이 낭비되니 폐교해야 한다고 생각한다. 하지만 산골 지역은 도시만큼 생활이 편리하지 않아서 만약 학교가 없어지면 마을의 아이들이 한 시간 반이나 걸리는 다른 지역의 학교에 다녀야 한다. 그런데도 그들은 학교가 없어지면 아이들이 공부하지 못하게 된다는 것을 이해하지 못한다.

이렇듯 이해하지 못하기 때문에 사람과 사람 사이에 마찰과 갈등이 생기고, 사회적으로는 다양한 충돌이 발생한다. 때로는 종교 전쟁과 종족 간의 학살 같은 무시무시한 일이 발생하기도 한다. '이해하지 못한다'는 짧은 말 한 마디 때문에 정말 무서운 일들이 벌어지고 있다.

물론 우리가 세상의 모든 지식이나 모든 사람의 생각을 다 이해할 수는 없다. 그렇지만 우리는 최소한 이해하려고 노력할 수는 있다. 만약 노력을 했는데도 이해가 되지 않는다면 최소한 '포용'해야 한다. '포용'은 충돌과 대립을 해결할 수 있는 유일한 해결책이다.

Points to
인생에
맛이 나게 하는 생각
keep in mind

'이해하지 못한다'는 짧은 말 한마디가 백을 흑으로 만들고 선을 악으로 만든다.
우리 모두 조금씩 겸허와 포용을 배워 보는 것이 어떨까.
그렇게 되면 인간관계도 원만해지고 더 나아가 모든 사회가 화목해질 수 있을 것이다.

58

인생은 앞으로 나아가야 하는
편도 여행이다

인생에서 벌어지는 일들을 예상할 수는 없다.
만약 잘못된 점을 발견하면 재빨리 수정하면 그만이다.
괴로워하느라 시간을 낭비할 필요는 없다.

루브르 박물관의 관장이 어느 날 직원들에게 물었다. "만약 박물관에 불이 난다면 자네들은 가장 먼저 어떤 작품을 가지고 나가겠는가?"

직원들은 연이어 의견을 제시했는데 대부분 가장 먼저 가지고 나가야 할 작품은 당연히 '모나리자의 미소'라고 이야기했다. '모나리자의 미소'는 만인이 인정하는 세계 제일의 명화이니 당연한 결론이었다.

반면에 역사적, 문화적, 교육적인 각도에서 어떤 작품을 먼저 가지고 나가야 할지 분석하는 직원도 있었다. 결국 직원들의 의견은 제각각으로 갈려서 싸움이 벌어지기 일보 직전이 되었다.

관장은 직원들의 논쟁을 저지하고는 모두를 둘러보며 냉정하게 말했다. "바보 같은 사람들 같으니라고. 정답은 바로 자네들과 가장 가까운 곳에 있는 작품을 가지고 나가야 한다는 것이네."

앞의 이야기는 물론 웃자고 지어낸 이야기다. 우리는 때로 어떻게 하면 좋을지 몰라 갈팡질팡하다가 한참 헛수고를 한 다음에야 비로소 '그때 그렇게 하면 안 되었는데'라고 후회할 때가 있는데 앞의 이야기는 이런 상황을 잘 반영하고 있다고 생각한다. 만약 루브르 박물관에 불이 났는데 직원들이 가지고 나갈 만한 가치가 있는 그림을 구하기에 급급해서 결국에는 자신도 제대로 대피하지 못한다면 이 얼마나 어처구니없는 일이겠는가. 자신의 뛰는 속도로는 사나운 불길을 피할 수 없다는 사실을 깨달았을 때는 이미 늦어서 그림도 못 구하고 자칫하면 부상을 입게 될 수도 있다. 이처럼 우리는 늘 '진작에 알았더라면'이라고 이야기하곤 한다.

최근 타이완에서는 외국에 나가 일을 하는 것이 유행이어서 서른 살 이전의 젊은이들이 계속해서 외국에 나가 일을 하고 있다.

내가 아는 사람 중에 어느 레스토랑의 주방에서 주방장 보조로 일하던 친구가 있었다. 그 친구도 이런 유행을 따라서 호주로 건너

갔다. 그는 과일 농장에 일자리를 구했는데 호주에서 돈을 많이 벌어와 자신의 레스토랑을 여는 꿈을 이루고 싶다고 했다.

마침내 2년 후 그는 타이완으로 돌아왔다. 내가 돈을 많이 모았느냐고 물어보자 그는 고개를 저으며 아니라고 대답했다. 월급은 분명 많이 받을 수 있었지만 상대적으로 현지의 물가가 비싼 데다 유혹을 이기지 못하고 쉬는 날이면 친구와 놀러 다니거나 쇼핑을 하느라 돈을 많이 써 버렸다는 것이다. 때문에 어렵게 모은 돈이 거의 다 떨어졌다고 했다.

물론 이것도 충분히 괴로운 일이지만 그보다는 호주에 가는 바람에 경력에 2년이나 공백이 생겨서 일자리를 찾기가 쉽지 않다는 사실이 그를 더 힘들게 했다. 그는 가까스로 어느 호텔에 면접을 볼 기회를 얻었는데 면접관이 즉석에서 요리해 보라고 시켰다. 그런데 막상 요리를 하는 순간, 그는 자신이 주방을 너무 오래 떠나 있었다는 사실을 깨달았다. 요리를 하는 세부적인 과정에 생소한 부분이 적잖이 있었던 것이다. 결국 그는 잘 해내지 못하고 떨어지고 말았다.

그는 한숨을 쉬며 말했다. "어휴. 진작에 알았더라면 외국에 나가지 않는 건데. 만약 그때 얌전히 레스토랑에 남아 일을 계속했더라면 아마 지금쯤 정식 요리사로 승진했을 거예요."

"그렇지만 호주에 있는 2년 동안 정말 얻은 게 전혀 없었어?" 내가 물었다.

그는 생각을 해 보더니 이렇게 대답했다. "사실 수확이 있기는 해요. 영어 실력이 늘었고, 친구도 많이 사귀었어요."

"그럼 잘 됐잖아!" 나는 말했다. "어차피 이제 와서 후회해 봐야 늦었고, 고민하느라 시간을 낭비하는 건 전혀 도움이 안 돼."

인생은 지도조차 주어지지 않은 편도 여행이나 마찬가지다. 그렇기 때문에 길을 잘못 들어도 계속해서 다른 길을 선택해 가면서 앞으로 나아가는 수밖에 없다. 결코 처음부터 다시 시작할 수는 없는 노릇이다. 그렇다면 후회하느라 시간을 낭비하는 것보다 이번의 실수를 경험으로 삼는 것은 어떨까? 부정적인 기분은 훌훌 털어 버리고 인생이라는 여행을 즐기는 편이 훨씬 낫지 않을까?

인생에
맛이 나게 하는 생각

Points to
keep in mind

사람에게는 누구나 잘못된 결정을 내릴 때가 있다.
이러한 잘못된 결정은 우리를 성장시키고 성숙하게 만든다.
자신과 하늘을 원망하느라 시간을 낭비해서는 아무것도 바꿀 수 없다.
우리는 앞을 보고 나아가야 더 좋은 길을 찾을 수 있다.

59

곤경에 처했을 때
비로소 앞을 향해 나아갈 힘이 생겨난다

'곤경'은 돛단배를 앞으로 밀어 주는 강한 바람처럼
우리를 앞으로 나아가게 하는 원동력이 되어 준다.

꿀벌이 살지 않는 남쪽의 열대 국가가 있었다. 그 나라의 사람들은 한 번도 꿀을 맛본 적이 없었다. 어느 날, 그 나라의 국왕이 북쪽의 나라를 방문하게 되었다. 국왕은 북쪽의 나라에서 꿀을 먹어 보고 너무나도 맛있어서 꿀벌을 자기 나라로 들여오기로 결정했다.

그러나 북쪽의 나라에 있을 때는 풍부한 꿀을 만들어 냈던 꿀벌들이 이상하게도 남쪽의 나라에 와서는 조금밖에 만들어 내지 못했다. 국왕은 그 이유를 알 수가 없었다.

급기야 국왕은 전문가를 데려와 조사를 시작했고, 긴 연구 끝에 드디어 그 이유가 밝혀졌다. 북쪽 지역은 기후가 가혹해서 1년 중 몇 개월 동안의 짧은 기간만 꽃이 피기 때문에 꿀벌은 굶어 죽지 않기 위해 꽃이 피는 시기가 되면 죽을힘을 다해 벌꿀을 만들 수 밖에 없었다.

반면에 남쪽 지역은 기후가 온난해서 1년 내내 각종 꽃이 활짝 핀다. 꿀벌은 벌집을 떠나도 매일 꿀을 얻을 수 있기 때문에 대량의 벌꿀을 만들어 모아둘 필요가 없었던 것이다.

예전에 같이 일하던 동료 중에 대학을 졸업하자마자 집을 샀다고 해서 사람들을 놀라게 한 사람이 있었다. 다른 사람들은 그가 분명 부모에게서 금전적인 도움을 받았을 거라고 생각했지만, 사실은 그렇지 않았다. 그는 대학 시절부터 집을 사겠다는 목표를 정하고 정말 열심히 일을 했다. 몇 가지 일을 동시에 하면서 4년 동안 주택 입주금을 모았던 것이다.

나는 그의 목표가 굉장히 특이하다고 생각했다. 대학생이면 아직 어린 나인데 왜 하필이면 집을 사겠다는 생각을 했을까? 나는 그저 호기심에서 물어본 것뿐인데 생각지도 못하게 꽤나 슬픈 이야기를 듣게 되었다.

그의 아버지는 노름꾼이었는데 도박 빚 독촉을 피하기 위해 가족들을 데리고 여기저기 이사를 다녔다고 한다. 고작 하룻밤 사이에 거액의 빚을 지고 돌아오기 일쑤라 그 빚을 갚지 못한 적이 몇 번이나 있었다고 했다. 때문에 그의 식구들은 행여 깡패들이 찾아올까 봐 이사 갈 집을 찾지도 못한 상태에서 야반도주를 해야 했다. 때문에 어릴 적에 몇 번이나 공원의 벤치에서 잠을 잔 적이 있다고 했다.

자연히 그는 자주 전학을 다니면서 다양한 집주인을 겪어 보게 되었다. 그 시간 동안 그는 항상 안정감을 느끼지 못했고, 자기가 노숙자나 다름없다고 생각했다고 한다. 이러한 이유로 그는 능력만 있으면 반드시 자기 집을 사리라고 마음먹었다.

그의 이야기를 듣고 나는 정말 감탄을 금할 수가 없었다. 일개 대학생이 4년 동안 몇 천만 원을 모으기가 쉽지 않다는 건 누구나 아는 사실이다. 그가 돈을 모으기 위해 얼마나 열심히 일했을지 짐작이 가고도 남는다. 당시에 어떤 동료는 그를 비웃으며 "아직 창창한 나이인데 굳이 주택 융자금을 떠안고 살 필요가 있을까?"라고 말하기도 했다. 그러나 주택 융자금 때문에 그는 누구보다도 열심히 일했고, 함부로 돈을 쓰지 않았다. 듣자하니 그는 얼마 안 되어 주택 융자금을 다 갚았다고 한다.

만약 그가 결점 없는 가정에서 자라났다면 그렇게 열심히 노력할 수 있었을까? 나는 그렇지 않다고 생각한다.

우리는 살아가면서 종종 난관에 부닥친다. 그럴 때면 숨고 싶어

비록 산의 정상에 이르지 못했다 하더라도
그 도전은 얼마나 대견한 일인가.
중도에서 넘어진다 해도 성실히 노력하는 사람들을 존경하자.
자신에게 내재한 힘을 최대한 끊임없이 도전하는 사람,
큰 목표를 설정해 놓고 부단히 노력하는 사람은
인생의 진정한 승리자인 것이다.

- 루치우스 안나에우스 세네카

도 숨지 못하고 어쩔 수 없이 받아들 수밖에 없다. 우리는 신을 욕하거나 운명을 원망하기도 하고 때로는 순조로운 인생을 사는 타인을 부러워하면서 자신의 처지를 가엾게 여길 수도 있다. 그러나 시간이 지나면 한 가지 중요한 사실을 발견할 수 있을 것이다. 그것은 바로 사람은 곤경에 처했을 때 비로소 앞을 향해 나아갈 힘을 얻는다는 사실이다.

Points to keep in mind
인생에 맛이 나게 하는 생각

'곤경'은 종종 우리의 마음을 고통스럽고 불안하게 만든다. 심지어는 우리를 절망에 빠뜨리기도 한다.
그러나 강한 바람이 불어야 돛단배가 앞으로 나아갈 수 있는 것처럼 우리의 삶에 일어나는 시련은 우리에게 앞으로 나아갈 수 있는 원동력이 되어 준다.
그러므로 시련을 겪는다고 해도 좌절하지 말고 우리 모두 힘을 내 보자!

인생도 금이 가야 맛이 난다

황퉁 지음 · **김경숙** 옮김

발 행 일 초판 1쇄 2014년 1월 3일
　　　　　초판 2쇄 2014년 1월 6일
발 행 처 평단문화사
발 행 인 최석두

등록번호 제1-765호 / 등록일 1988년 7월 6일
주　　소 서울시 마포구 서교동 480-9 에이스빌딩 3층
전화번호 (02)325-8144(代)　FAX (02)325-8143
이 메 일 pyongdan@hanmail.net
I S B N 978-89-7343-388-9 (03810)

ⓒ 평단문화사, 2013

이 도서의 국립중앙도서관 출판시도서목록(CIP)은 서지정보유통지원시스템
홈페이지(http://seoji.nl.go.kr)와 국가자료공동목록시스템(http://www.nl.go.kr/kolisnet)에서
이용하실 수 있습니다.
(CIP제어번호: CIP2013027304)

저희는 매출액의 2%를 불우이웃돕기에 사용하고 있습니다.